DE LA MÊME AUTRICE

Aux Éditions de l'Olivier

ARLINGTON PARK
EGYPT FARM
LES VARIATIONS BRADSHAW
CONTRECOUP
DISENT-ILS
TRANSIT
KUDOS
L'ŒUVRE D'UNE VIE : DEVENIR MÈRE

Du monde entier

RACHEL CUSK

LA DÉPENDANCE

roman

Traduit de l'anglais
par Blandine Longre

nrf

GALLIMARD

Titre original :

SECOND PLACE

Je t'ai déjà raconté, Jeffers, la fois où j'ai rencontré le diable dans un train au départ de Paris, et comment, après cette rencontre, le mal qui d'ordinaire reste tapi sous la surface des choses sans que rien vienne le troubler a surgi et s'est déversé sur toutes les facettes de mon existence. C'était comme une contamination, Jeffers : s'insinuant partout et corrompant tout. Je n'avais pas pris conscience, je crois, que l'existence était constituée de si nombreuses facettes, avant que chacune d'elles ne donne libre cours à sa capacité de corruption. Pareilles manifestations t'ont toujours été familières, je le sais, et tu as écrit à leur sujet, même quand certains n'avaient pas envie d'entendre et trouvaient pénible de s'appesantir sur ce qui est mal et pernicieux. Néanmoins tu t'es obstiné, en bâtissant un refuge où l'on pouvait s'abriter quand les choses tournaient mal. Et, immanquablement, elles tournent toujours mal !

La peur est une habitude comme une autre, et les habitudes tuent ce qui en nous est essentiel. Les années durant lesquelles j'avais connu la peur m'avaient laissé une sorte de vacuité, Jeffers. Je m'attendais sans cesse à ce que quelque chose me tombe dessus sans prévenir – je m'attendais sans cesse à entendre le rire de ce diable, celui-là même que j'avais entendu le jour où il m'avait poursuivie d'un bout à l'autre du train. C'était le milieu de l'après-midi, il faisait très chaud et les voitures étaient bondées, assez pour que je me croie capable de lui échapper simplement en quittant mon siège pour aller m'asseoir ailleurs. Mais chaque fois que je changeais de place, il réapparaissait quelques minutes plus tard, vautré en face de moi, et il riait. Que me voulait-il, Jeffers ? Il était horrible d'apparence, jaune et bouffi, ses yeux couleur de bile injectés de sang, et quand il riait il découvrait des dents sales, dont une entièrement noire, juste au centre. Il portait des boucles d'oreilles et des vêtements qui lui donnaient une allure de dandy, souillés tant il ruisselait de sueur. Plus il suait, plus il riait ! Et il baragouinait sans interruption, dans une langue que je ne reconnaissais pas – mais sonore, pleine de mots ressemblant à des jurons. Il était difficile de ne pas y prêter attention, et pourtant c'était exactement ce que faisaient tous les autres passagers. Il était accompagné d'une fille, Jeffers, une scandaleuse petite créature, rien de plus qu'une enfant maquillée, à peine vêtue – elle était assise sur ses genoux, lèvres entrouvertes, avec dans les yeux un doux regard de bête tandis qu'il la caressait, et nul ne disait mot ni ne faisait mine de vouloir l'arrêter. De toutes les personnes voyageant dans ce train, était-il vrai que j'étais la plus à même de s'y risquer ? Peut-être me suivait-il ainsi d'une voiture à l'autre pour me pousser à agir. Mais ce n'était pas mon pays : j'étais seulement de passage, m'en retournant vers un chez-moi auquel je songeais avec une terreur secrète, et ce n'était pas à moi, me semblait-il, de l'arrêter. Il est si facile de se persuader qu'on n'importe finalement pas tant que cela à cet instant où, justement, notre devoir moral s'impose le plus. Si je l'avais affronté, alors peut-être rien de ce qui est arrivé ensuite ne se serait produit. Mais pour une fois, ai-je pensé, que quelqu'un d'autre s'en charge ! Et voilà comment nous perdons le contrôle de notre destinée.

Mon mari, Tony, me dit parfois que je sous-estime mon pouvoir, et je me demande si cela ne rend pas mon existence plus dangereuse, de même qu'elle est risquée pour les gens insensibles à la douleur. J'ai souvent considéré que certains personnages ne peuvent ou ne veulent pas retenir la leçon qu'enseigne l'existence, et qu'ils vivent parmi nous en étant soit un fléau, soit un bienfait. On peut qualifier d'ennuis ou de changements ce qu'ils provoquent – mais ils les font advenir, c'est indéniable, quoiqu'ils n'en aient peut-être ni l'intention ni le désir. Ils passent leur temps à fomenter la discorde, à protester, à contester le statu quo ; ils refusent tout simplement de laisser les choses en l'état. Ils ne sont en soi ni bons ni mauvais – c'est ce qui importe les concernant –, mais ils savent distinguer le bien du mal quand ils y sont confrontés. Est-ce pour cette raison que le bien et le mal continuent de prospérer côte à côte dans notre monde, Jeffers, parce que certaines personnes s'opposent à ce que l'un ou l'autre prenne le dessus ? Ce jour-là, dans le train, j'ai préféré feindre de ne pas être l'une d'elles. La vie m'a soudain paru beaucoup plus facile, là, derrière les livres et les journaux que les passagers tenaient devant eux afin de soustraire le diable à leur vue !

Ce qui est certain, c'est que nombre de changements se sont ensuite produits et, pour en réchapper, il m'a fallu rassembler toutes mes forces, ma foi dans le bien et mon aptitude à la souffrance, de sorte que j'ai failli en mourir – après quoi, je n'ai plus été un fléau pour personne. Même ma mère, pendant un temps, a décidé qu'elle m'aimait bien. J'ai fini par rencontrer Tony, qui m'a aidée à me rétablir et, quand il m'a offert cette vie de paix et de douceur dans le marais, devine un peu ce que j'ai fait : trouvant à redire à cette beauté et à cette sérénité, j'ai tenté d'y semer la discorde ! Tu connais cette histoire, Jeffers, parce que je l'ai relatée ailleurs – si je la mentionne ici, c'est simplement pour t'aider à comprendre comment elle se rattache à ce que je veux te raconter à présent. Il me semblait que toute cette beauté ne servait à rien si elle n'était pas immunisée : si je pouvais lui nuire, n'importe qui en était alors capable. Quel que soit le pouvoir que je possède, il n'est rien comparé au pouvoir de la bêtise. C'était mon raisonnement et cela le reste, quand bien même j'aurais pu saisir l'occasion de mener une vie idyllique d'impuissance tranquille dans ce lieu. Homère en parle dans l'*Iliade*, quand il décrit les agréables foyers et métiers des hommes abattus sur le champ de bataille, sans oublier leurs tenues de combat luxueuses, leurs chars et leurs armures ciselés. Toutes ces douces années passées à cultiver, à bâtir et à accumuler des biens, pour finir taillé en pièces par une épée, écrasé en moins de temps qu'il n'en faut pour piétiner une fourmi !

J'aimerais revenir avec toi, Jeffers, à cette matinée parisienne, avant que je ne monte dans ce train où se trouvait le diable bouffi aux yeux jaunes : j'aimerais te la faire voir. Tu es un moraliste, et il faut en être un pour comprendre comment l'un des feux allumés ce jour-là a pu continuer de couver durant toutes ces années, comment son centre est resté ardent sans que je m'en aperçoive et s'est entretenu de lui-même en secret ; puis, alors que j'étais enfin mieux lotie, il s'est ravivé, attisé par ces nouvelles circonstances, et s'est remis à flamber de plus belle. C'est à Paris, au petit matin, que ce feu a démarré, tandis qu'une aube séduisante reposait au-dessus des formes pâles de l'île de la Cité et que l'air était suspendu dans l'immobilité absolue qui augure une belle journée. Le ciel se faisait bleu et d'un bleu plus intense encore, les tertres de feuillage frais et vert étaient inertes dans la chaleur, les blocs de lumière et d'ombre qui coupaient les rues en deux étaient pareils aux formes primordiales qui, affleurant sur les parois des chaînes montagneuses, semblent émaner de l'intérieur de la roche. La ville était silencieuse et presque entièrement vide d'humains, aussi avait-on l'impression qu'elle était elle-même plus qu'humaine, ce qu'elle ne pouvait dévoiler que si aucune âme n'était là pour le constater. J'étais restée éveillée tout au long de la courte et chaude nuit d'été dans le lit de ma chambre d'hôtel, et lorsque j'avais vu l'aube poindre entre les rideaux j'étais sortie marcher le long du fleuve. Cela semble présomptueux, Jeffers, pour ne pas dire dénué de sens, de décrire mon expérience ainsi, comme si elle avait la plus petite importance. Sans nul doute une autre femme se promène-t-elle en ce moment même le long de cette rive-là, commettant elle aussi le péché de croire que les choses surviennent pour une raison précise, et que cette raison, c'est elle ! Mais je dois te faire part de l'état d'esprit dans lequel je me trouvais ce matin-là, du sentiment d'exaltation que j'éprouvais à l'idée que tout était possible, pour te faire comprendre ce qui en a découlé.

J'avais passé la soirée en compagnie d'un écrivain célèbre,

en réalité rien de plus qu'un homme extrêmement chanceux. Je l'avais rencontré pendant l'inauguration d'une galerie d'art dont il s'était donné du mal pour m'extirper, suffisamment pour que ma vanité en soit satisfaite. Il était rare qu'on m'accorde de l'attention sur le plan sexuel à cette époque-là, même si j'étais jeune et assez jolie, j'imagine. Le problème, c'était que j'avais la loyauté bornée d'un chien. L'écrivain était évidemment un insupportable égotiste, doublé d'un menteur, de surcroît pas très crédible; quant à moi, seule à Paris pour la soirée – mon mari et mon enfant désapprobateurs m'attendaient chez nous –, j'avais une telle soif d'amour que j'aurais pu l'étancher, semblait-il, à n'importe quelle source. En vérité, Jeffers, j'étais un chien – il y avait en moi un poids si lourd que je ne pouvais que me tordre de douleur, stupidement, comme un animal. Cette masse m'immobilisait et me retenait dans les profondeurs, où je me débattais et me démenais, cherchant à me libérer pour nager à la surface radieuse de la vie – c'est du moins ainsi qu'elle m'apparaissait vue d'en bas. En cheminant d'un bar à l'autre dans la nuit parisienne en compagnie de l'égotiste, j'ai entrevu pour la première fois une possibilité de destruction, la destruction de ce que j'avais bâti; cela n'avait rien à voir avec cet homme, je t'assure, mais avec l'éventualité qu'il incarnait – laquelle ne m'était jamais venue à l'esprit avant ce soir-là –, celle d'un changement brutal. L'égotiste, perpétuellement grisé par sa propre importance, glissant des bonbons à la menthe entre ses lèvres sèches en se figurant que je ne m'en apercevrais pas, parlant continuellement de lui: en réalité, je n'étais pas dupe, même si j'avais envie de l'être, je l'admets. Il se serait enferré tout seul si je l'avais laissé faire, mais naturellement je l'en ai empêché – je suis entrée dans son jeu, y croyant à moitié moi-même, ce qui n'a fait qu'accroître la chance dont il avait manifestement bénéficié toute sa vie durant. Nous nous sommes dit au revoir à deux heures du matin devant mon hôtel, où il a visiblement décidé – au point de manquer de galanterie – que je ne valais pas la peine de mettre en péril, de quelque manière que ce soit, son statu quo, ce qui se serait produit si nous avions passé la nuit ensemble. Je me suis mise au lit et j'ai choyé le souvenir de son attention, au point que le toit a paru se soulever de l'hôtel, les murs s'écrouler et l'immense obscurité étoilée m'enlacer afin de me confronter aux conséquences de mes émotions.

Pourquoi est-il si douloureux de vivre à l'intérieur de nos fictions ? Pourquoi de pures inventions nous font-elles tant souffrir ? Le comprends-tu, Jeffers ? Toute ma vie j'ai voulu être libre, or je n'ai pas même réussi à libérer mon petit orteil. Je crois que Tony est libre, lui, et sa liberté n'a rien de bien remarquable en apparence. Il monte sur son tracteur bleu pour tondre les hautes herbes au printemps, et je l'observe qui va et vient calmement sous les cieux, coiffé de son grand chapeau souple, roulant de long en large, enveloppé dans le bruit du moteur. Tout autour de Tony les cerisiers jaillissent à la vie, les petites protubérances fixées à leurs branches s'efforcent de fleurir soudainement pour lui, et sur son passage l'alouette s'élance dans le ciel où elle reste suspendue, chantant et tournoyant comme un acrobate. Pendant ce temps, je me contente de rester assise en regardant droit devant moi, sans rien avoir à faire. Pour ce qui est de la liberté, voici tout ce à quoi je parviens : me débarrasser des gens et des choses que je n'aime pas. Après quoi il ne reste plus grand-chose, avouons-le ! Quand Tony travaille sur nos terres, je me secoue afin de cuisiner pour lui : je vais cueillir des fines herbes dans le potager et chercher des pommes de terre dans la remise. À cette époque de l'année – le printemps –, les tubercules que nous y entreposons commencent à germer, même si nous les conservons dans une complète obscurité. Il leur pousse ces petits bras blancs et charnus car elles savent que la saison nouvelle est là et, parfois, quand j'en observe une, je me rends compte qu'une pomme de terre en sait davantage que la plupart des humains.

Le matin qui a suivi cette nuit parisienne, lorsque je me suis levée pour aller marcher le long du fleuve, mon corps percevait à peine le sol : l'eau verte scintillante, les murs de pierre érodés et inclinés, d'un beige très pâle, le soleil levant qui nous éclairait, moi et toutes ces choses au travers desquelles je me déplaçais, formaient un élément si vivifiant que j'étais en état d'apesanteur. Je me demande si c'est ce que l'on ressent quand on est aimé – j'entends par là l'amour important, celui que l'on reçoit avant de savoir, à proprement parler, que l'on existe. À cet instant, j'éprouvais un sentiment de sécurité illimitée. Qu'avais-je donc perçu au juste qui m'incitât à le concevoir, quand en réalité je n'étais absolument pas en sécurité ? Quand en fait j'avais entrevu l'embryon d'une possibilité qui bientôt grandirait et se déchaînerait comme un cancer dans ma vie, en consumerait les années, en consumerait la substance ; quand, quelques heures plus tard, je me retrouverais face au diable en personne ?

J'ai dû flâner sans but pendant un long moment, car lorsque je suis remontée vers la rue les magasins étaient ouverts, humains et voitures se mouvaient sous le soleil. J'avais faim, et j'ai commencé à prêter attention aux devantures des boutiques, en quête d'un endroit où m'acheter quelque chose à manger. Je ne suis pas douée dans ce genre de situation, Jeffers : j'ai du mal à satisfaire mes propres besoins. Il suffit que je voie les autres obtenir ce qu'ils veulent, se bousculer et exiger ceci ou cela, pour que je décide de préférer m'en passer. Je me refrène, embarrassée par le besoin – le mien et celui d'autrui. C'est sans doute un trait de caractère ridicule, mais j'ai toujours su que je serais la première à être foulée aux pieds en période de crise, même si j'ai remarqué que les enfants sont pareils, tout aussi gênés par leurs besoins corporels. Quand j'explique cela à Tony, que je serais la première à sombrer parce que je refuserais de lutter pour réclamer ma part, il rit et répond que cela l'étonnerait. Dire que l'on croit se connaître, Jeffers !

Quelle que soit la vérité sur ce point, peu de passants s'affairaient encore ce matin-là, et il n'y avait de toute manière aucun magasin d'alimentation dans le quartier parisien que j'arpentais, non loin de la rue du Bac. Les boutiques regorgeaient en revanche d'étoffes exotiques, d'antiquités et de curiosités de l'époque coloniale affichant des prix exorbitants pour le salaire d'une personne ordinaire, objets qui dégageaient aussi un singulier parfum – celui de l'argent, ai-je supposé –, et tout en déambulant je regardais les vitrines, comme si j'envisageais d'acquérir une volumineuse tête africaine de bois sculpté à cette heure si matinale. Les rues étant de parfaits abîmes d'ombre et de lumière, je veillais à rester au soleil, marchant sans autre intention ni but arrêté. J'ai bientôt vu, devant moi, un panneau installé sur le trottoir et, sur ce panneau, une image.

C'était la reproduction d'un tableau de L, qui illustrait une publicité pour une exposition de son œuvre dans une galerie du quartier. Même de loin, j'y ai reconnu quelque chose, bien que je sois aujourd'hui encore incapable de définir quoi exactement ; en effet, si j'avais vaguement entendu parler de L, je ne savais pas vraiment quand ni comment, et j'ignorais à peu près tout de lui et de sa peinture. Néanmoins il m'a parlé : il s'est adressé à moi dans cette rue parisienne, et j'ai suivi les panneaux les uns après les autres jusqu'à la galerie, dont j'ai franchi la porte ouverte sans hésiter.

Tu voudras savoir, Jeffers, lequel de ses tableaux avait été choisi pour promouvoir l'exposition et pourquoi il m'a touchée de cette façon. Au premier abord, rien n'explique pourquoi l'œuvre de L est susceptible d'interpeller une femme comme moi, ou n'importe quelle femme, du reste – encore moins, assurément, une jeune mère à deux doigts de se révolter et dont les aspirations irréalisables sont de surcroît inversement cristallisées par l'aura de liberté absolue qui émane de ce tableau, une liberté fondamentalement masculine, et ce de manière tout à fait impénitente, jusqu'au dernier coup de pinceau. Cette question nécessite réponse, et pourtant il n'en existe aucune qui soit claire ou satisfaisante ; disons simplement que cette aura de liberté masculine va également de pair avec la majorité des représentations du monde et de notre expérience humaine dans ce même monde, et qu'en tant que femmes nous nous accoutumons à la traduire afin d'être en mesure de la reconnaître. Nous sortons nos dictionnaires et nous l'élucidons, laissant de côté certains éléments dont nous ne pouvons saisir la signification et d'autres auxquels nous savons ne pas avoir droit, et *voilà*[1] ! nous sommes partie prenante. Il s'agit là d'un emprunt de beaux atours et parfois d'une imitation pure et simple ; or, ne m'étant jamais sentie tout à fait féminine, je crois que ma pratique de l'imitation s'est enracinée plus profondément en moi que chez la plupart des autres femmes, au point que certaines facettes de ma personnalité semblent en réalité bel et bien masculines. Le fait est que, dès le début, j'ai reçu un message clair : tout aurait été mieux – conforme, dans l'ordre des choses – si j'étais née garçon. Pourtant, je n'ai jamais su comment employer cette part masculine de moi, ainsi que L allait me le montrer plus tard, durant la période dont j'entends te parler.

À propos, le tableau était un autoportrait, l'un des saisissants portraits de L dans lesquels il se représente à une certaine distance, celle que l'on observerait peut-être face à un inconnu. Il paraît presque surpris de se voir : il lance à ce même inconnu un regard aussi objectif et dépourvu de compassion que le serait n'importe quel coup d'œil lancé dans la rue. Il porte une chemise à carreaux tout à fait quelconque, ses cheveux ramenés en arrière sont séparés par une raie et, en dépit de la froideur de l'acte de perception – il s'agit là d'une froideur et d'une solitude cosmiques, Jeffers –, le rendu de ces détails, de la chemise boutonnée, des cheveux peignés et de la physionomie ordinaire que n'anime aucun signe de reconnaissance, ce rendu donc est la chose la plus humaine et la plus aimante au monde. En observant ce tableau, c'est de la pitié que j'ai ressentie, pour moi-même et pour nous tous : le genre de pitié muette qu'une mère est susceptible d'éprouver pour son enfant mortel, qu'elle

1. En français dans le texte original. (*N.d.T.*)

brosse et habille toutefois si tendrement. Il apportait, pour ainsi dire, la touche finale à l'étrange état d'exaltation dans lequel je me trouvais – je me suis sentie basculer du cadre à l'intérieur duquel j'avais vécu pendant des années, le cadre des répercussions humaines dans des circonstances particulières. À partir de cet instant-là, j'ai cessé d'être immergée dans l'histoire de ma propre vie et je m'en suis dissociée. J'avais assez souvent lu Freud, et j'aurais pu y apprendre à quel point tout cela était idiot, mais il a fallu le tableau de L pour que je le *voie* réellement. Autrement dit, j'ai vu que j'étais seule, et j'ai aussi vu les fardeaux et les bienfaits associés à cette condition, ce qui ne m'avait jamais été véritablement révélé avant ce jour.

Tu sais, Jeffers, que je m'intéresse à l'existence des choses avant que nous n'en ayons connaissance – en partie parce que j'ai du mal à croire qu'elles existent *vraiment* ! Quand on a toujours été critiqué d'aussi loin qu'on se souvienne, il devient plus ou moins impossible de se situer dans un espace ou dans un temps qui aurait précédé la formulation de cette critique : de se persuader, en d'autres termes, que l'on existe soi-même. La critique est plus réelle que soi : en fait, il semble que c'est elle qui nous a créés. Je pense que beaucoup de gens vivent avec ce problème en tête, et cela leur vaut toutes sortes d'ennuis – dans mon cas, cela a engendré dès le début un divorce entre mon corps et mon esprit, à une époque où je n'étais âgée que de quelques années. Mais le fait est que ce tableau et d'autres objets créés peuvent procurer un peu de soulagement. Ils procurent un lieu, un endroit à soi, alors que, le reste du temps, l'espace a été investi par la critique, arrivée la première. Je n'y inclus toutefois pas les objets créés au moyen des mots : ils n'ont pas le même effet, du moins sur moi, car pour m'atteindre il leur faut transiter par mon esprit. Mon appréciation du langage doit être mentale. Peux-tu me le pardonner, Jeffers ?

De si bon matin, il n'y avait pas âme qui vive dans la galerie ; le soleil entrait par les larges fenêtres pour former sur le sol des flaques de lumière dans le silence et je déambulais aussi joyeusement qu'un faune dans une forêt au premier jour de la genèse. C'était ce qu'on appelle une « rétrospective majeure », ce qui semble signifier qu'un artiste est finalement assez important pour être mort – même si L avait alors à peine quarante-cinq ans. Il y avait au moins quatre vastes salles, mais je les ai découvertes avec avidité, l'une après l'autre. Chaque fois que je m'approchais d'un tableau – de la plus petite esquisse au plus imposant des paysages –, j'avais la même sensation, si forte que je croyais qu'il me serait impossible de la ressentir de nouveau. Mais c'est pourtant arrivé : face à une image, cette sensation est revenue maintes et maintes fois. Comment la définir ? C'était un sentiment, Jeffers, mais aussi une phrase. Après ce que je viens de dire sur le langage, que des mots puissent accompagner cette sensation de façon aussi absolue paraîtra contradictoire. Mais ce n'est pas moi qui ai trouvé ces mots. Les tableaux les ont trouvés, quelque part en moi. J'ignore à qui ils appartenaient, ou même qui les a prononcés – je sais seulement qu'ils l'ont été.

De nombreuses œuvres représentaient des femmes, dont une en particulier, or mes sentiments vis-à-vis de celles-ci étaient plus aisément reconnaissables, quoique d'une certaine manière indolores et désincarnés, même alors. Je me rappelle une petite esquisse au charbon d'une femme endormie dans un lit, sa tête sombre simplement figurée par une légère traînée d'oubli parmi les draps froissés. Je l'avoue, une sorte de pleur silencieux et amer a jailli de mon cœur face à cette évocation de la passion, qui contenait apparemment tout ce que je n'avais pas connu au cours de ma vie, et je me suis demandé si je le connaîtrais un jour. Dans quantité de grands portraits, L avait peint une femme brune, plutôt bien en chair – auprès de laquelle il s'est souvent représenté –, et je me suis interrogée : la tache esquissée dans le lit, presque effacée par le désir, était-elle la même personne ? Dans les portraits, elle porte généralement un genre de masque ou de déguisement ; parfois elle paraît aimer L, d'autres fois elle se contente de le tolérer, semble-t-il. Mais son désir à lui, quand il apparaît, étouffe le sien.

C'est dans les paysages, toutefois, que j'ai entendu la phrase résonner le plus fort, et ce sont ces mêmes images qui ont continué de couver dans mon esprit toutes ces années, jusqu'à l'époque dont je tiens à te parler, Jeffers, quand le feu s'est de nouveau déclaré tout autour de moi. Les paysages de L sont empreints d'un tel sentiment religieux ! Si du moins l'existence humaine peut être une religion. Quand il peint un paysage, il se remémore sa contemplation. Je ne peux pas mieux décrire ces tableaux-là, ou du moins décrire comment je les ai perçus et les sensations qu'ils ont provoquées en moi. Tu t'en tirerais sans aucun doute de façon beaucoup plus satisfaisante. Mais il s'agit avant tout de te faire comprendre comment l'idée de L et de ses paysages a réapparu tant d'années plus tard, ailleurs, alors que je vivais déjà dans le marais avec Tony et que ma vision des choses était tout autre. Je me rends maintenant compte que je me suis éprise des terres marécageuses de Tony parce qu'elles possédaient précisément la même qualité : la qualité d'une chose remémorée, qui participe à l'instant présent de l'existence et qui en est inextricable. Je n'ai jamais su la capturer et j'ignore pourquoi j'avais de toute manière besoin de le faire, mais c'est une définition comme une autre du déterminisme humain, et on n'en trouvera pour l'heure sans doute pas de meilleure !

Tu dois te demander, Jeffers, quelle était la phrase qui, surgissant des tableaux de L, s'est adressée si distinctement à moi. C'était : *Je suis ici.* Je refuse de dire ce que ces mots, selon moi, signifient, ou à qui ils renvoient, car cela reviendrait à vouloir les empêcher de vivre.

Un jour, j'ai écrit à L pour l'inviter à venir dans le marais.

Cher L

Richard C m'a donné vos coordonnées – je crois que c'est un ami commun. J'ai découvert votre œuvre, il y a quinze ans, quand elle s'est emparée de moi en pleine rue et m'a placée sur un chemin qui m'a permis de concevoir la vie autrement. Et c'est tout à fait littéralement que je l'entends ! Mon mari, Tony, et moi vivons dans un endroit doté d'une grande mais subtile beauté, où souvent les artistes trouvent, semble-t-il, la volonté, l'énergie ou simplement l'occasion de travailler. J'aimerais que vous veniez dans ce lieu, pour voir à quoi il ressemble à travers vos yeux. Notre paysage est l'une de ces énigmes qui attirent les gens, et auxquelles ils ne comprennent finalement absolument rien. Il est plein de désolation, de consolation, de mystère, et il n'a encore confié son secret à personne. Deux fois par jour la mer monte et recouvre le marais, emplissant ses anses et ses anfractuosités, emportant ensuite la trace de ses pensées – du moins j'aime à le croire. Je le parcours au quotidien depuis quelques années et il n'est jamais le même. Des artistes s'évertuent à le peindre, évidemment, mais c'est le contenu de leur esprit qu'ils finissent par représenter – ils essaient d'y trouver une intensité dramatique ou une histoire, ou d'y déceler une exception, alors que ces choses ne sont pas essentielles à son caractère. Pour ma part, je vois le marais comme le vaste sein nébuleux de quelque dieu ou animal endormi, mû par le lent et profond mouvement d'une respiration somnambule. Ce n'est que mon sentiment, mais il m'incite à faire preuve de hardiesse, assez pour concevoir l'idée que vous pourriez partager ce sentiment et qu'il y a ici quelque chose pour vous – et peut-être rien que pour vous.

Nous vivons simplement, confortablement, et possédons une dépendance où nos invités peuvent séjourner et se retrouver tout à fait seuls s'ils le désirent. Plusieurs d'entre eux se sont succédé dans cette maison pour y travailler, chacun dans son domaine. Ils restent parfois des jours, parfois des mois. Nous n'avons pas mis en place de calendrier et, jusqu'à maintenant, nous n'en avons pas eu besoin – tout se décide assez spontanément. Je le répète, vous pourrez être entièrement seul si tel est votre souhait. L'été est le meilleur moment de l'année, et les visiteurs qui demandent à venir à cette période sont plus nombreux. Si tant est que vous soyez intéressé, je vous donnerai davantage de renseignements sur la situation exacte de notre propriété, notre mode de vie, comment arriver jusqu'ici, etc. Nous sommes plutôt à l'écart, mais il y a une petite ville à quelques kilomètres de là, où l'on trouve tout ce qu'il faut. Les gens disent souvent que cet endroit est l'un des derniers qui soient.

M

Il a répondu presque immédiatement, Jeffers, ce qui m'a quelque peu surprise. Je me suis alors demandé s'il y avait d'autres personnes auxquelles je pouvais ainsi enjoindre de venir, simplement en orientant ma volonté dans leur direction !

M

J'ai reçu votre message, que j'ai lu sur la terrasse d'un nouveau restaurant de Malibu, en me protégeant les yeux d'un coucher de soleil qui, pareil à un carnage, évoquait les flammes et le soufre de l'enfer. Je suis à Los Angeles pour y installer ma nouvelle exposition, qui ouvre dans deux semaines environ. La pollution y est obscène. Votre marais nébuleux m'a paru agréable en comparaison.

Cela fait des années que je n'ai pas revu Richard C. Je ne sais pas ce qu'il devient.

Justement, je suis seul en ce moment, et libre de me lancer dans une expérience différente. J'aimerais tenter quelque chose. Ce que vous proposez y correspond peut-être. Qu'avez-vous donc vu qui a ainsi pu s'emparer de vous en pleine rue ?

Quoi qu'il en soit, envoyez-moi d'autres renseignements. Le lieu que vous décrivez a l'air isolé, mais je n'ai encore jamais trouvé un endroit où je puisse me sentir plus libre et plus seul qu'à New York. N'y a-t-il vraiment personne, ou bien la ville que vous mentionnez abrite-t-elle un petit groupe de pseudo-artistes ?

En tout cas, tenez-moi au courant.

L

PS : Ma galeriste dit avoir peut-être visité votre région. Est-ce possible ? À en croire votre description, ce n'est pas un endroit où elle aurait envie de se rendre.

J'ai répondu et lui ai parlé davantage de Tony, de moi, de la vie que nous menions ici et de ce qu'il pouvait espérer de nous, en essayant d'expliquer à quoi ressemblait la dépendance. Je me suis bien gardée d'exagérer, Jeffers, car Tony m'a appris ceci : l'habitude que j'ai de vouloir plaire aux gens en embellissant les choses n'est que source de déception, pour moi plus que pour quiconque. C'est une forme de contrôle, comme l'est si souvent la générosité.

Nous avons bâti la dépendance sur une parcelle à l'abandon qui jouxtait notre terrain, que Tony avait achetée afin d'éviter qu'elle soit mal employée. Dans cette région, les règles d'aménagement sont strictes, mais les gens trouvent bien entendu toutes sortes de moyens pour les contourner. Le plus courant consiste à planter des arbres, puis à les couper pour en vendre le bois – ces arbres pâles et sans sève poussent vite et bien droit, en rangs comme des soldats, puis sont rapidement abattus, là encore comme des soldats, si bien qu'il ne reste plus qu'un amas dépouillé de moignons amputés. Nous n'avions pas envie de voir ces pauvres soldats marchant à la mort, jour et nuit, devant nos fenêtres ! Nous avons donc acheté la parcelle avec la vague intention de la rendre à la nature, cependant, une fois que nous avons commencé à déblayer toutes les ronces et les arbres à terre, nous sommes tombés sur une tout autre histoire. Parmi les connaissances de Tony, il y a un groupe d'hommes qui s'entraident quand il faut effectuer des tâches manuelles. Certains fourrés de ronces faisaient bien six mètres de haut, Jeffers, et en cherchant à se défendre ils griffaient les compagnons de Tony avec férocité ; mais quand ils ont été coupés, nous avons découvert quantité de choses cachées en dessous : un beau voilier bordé à clin à moitié pourri, deux vieilles automobiles classiques et, pour finir, une maisonnette tout entière enfouie sous une montagne de lierre ! Nous avions mis au jour les téguments d'une vie, avec en prime une vue sur les marécages plus belle que la nôtre. Je me suis souvent interrogée sur l'individu qui avait mené cette existence, si pleinement vouée à l'oubli qu'on lui avait permis, littéralement, de pourrir et de retourner à la terre. Les autos ayant atteint un stade fascinant de délabrement, nous les avons laissées en l'état et avons tondu l'herbe autour, au point qu'elles sont devenues des objets d'exposition ; le bateau également, qui se dressait au sommet d'une pente, sa proue levée vers la mer. Je trouvais cette embarcation un peu mélancolique, car elle donnait toujours l'impression d'appeler quelqu'un ou quelque chose hors d'atteinte ; mais les automobiles ont continué de s'affaisser majestueusement au fil du temps, comme résolues à découvrir une vérité qui leur était propre. La maisonnette était tout à fait sordide et triste, et nous avons bien vite pris conscience qu'il faudrait la refaire pour la débarrasser de cette affreuse tristesse, typiquement humaine. L'intérieur était entièrement noirci par le feu, et les hommes étaient d'avis que le sort de l'occupant précédent y était inscrit. Ils l'ont donc complètement démolie pour la rebâtir de leurs mains, en suivant les instructions de Tony.

Tony et toi ne vous êtes jamais rencontrés, Jeffers, mais je crois que vous vous entendriez : il est très pragmatique, tout comme toi ; ce n'est pas un bourgeois, et il ne fait montre d'aucune négligence, en ce sens que l'âme même de la plupart des bourgeois est négligente vis-à-vis d'autrui. Il n'est pas assez faible pour montrer de la négligence et il n'a pas non plus besoin de négliger une chose pour la dominer. Il a en revanche de nombreuses Certitudes, qui lui viennent de sa situation et de son savoir particuliers ; elles se révèlent très utiles et rassurantes, jusqu'au moment où l'on s'oppose à l'une d'elles ! Je n'ai jamais rencontré d'autre être humain qui soit si peu accablé par la honte que Tony, et si peu enclin à inciter les autres à avoir honte d'eux-mêmes. Il ne formule ni commentaires ni critiques, si bien qu'il évolue dans un océan de silence, comparé à la plupart des gens. Son silence me donne quelquefois l'impression d'être invisible, non pas à ses yeux mais aux miens, car toute ma vie j'ai été critiquée, comme je te l'ai dit : c'est ainsi que j'en suis venue à me savoir là, présente. Pourtant, puisque je suis l'une de ses Certitudes, il a du mal à croire que je puisse douter de ma propre existence. « Tu me demandes de te critiquer », déclare-t-il parfois à l'issue d'un de mes accès de colère. Et il refuse d'en dire plus !

Je te raconte tout cela, Jeffers, parce que c'est en lien avec la construction de la dépendance et avec l'usage que nous avons décidé de lui attribuer, celui d'une demeure réservée aux choses que l'on ne trouvait pas déjà chez nous – les choses supérieures, ou du moins les considérais-je ainsi, que j'avais peu à peu découvertes et appris à aimer d'une manière ou d'une autre au fil des années. Non que nous envisagions de fonder une communauté ou une utopie quelconque. Simplement, Tony comprenait que j'avais des intérêts qui m'étaient propres et, s'il était satisfait de notre vie dans le marais, cela ne voulait pas forcément dire que je l'étais moi aussi. Dans une certaine mesure, j'avais besoin d'être en communication, même de façon limitée, avec des idées artistiques et avec des gens qui se conforment à ces idées. Et ces derniers venaient en effet ici, et ils communiquaient, même s'ils finissaient visiblement par apprécier Tony plus qu'ils ne m'appréciaient moi !

Quand on se marie jeune, Jeffers, tout croît depuis une racine commune, celle de la jeunesse, et il devient impossible de faire la distinction entre ce qui appartient à l'un ou à l'autre. Par conséquent, si on essaie de rompre, la rupture se propage des plus profondes racines jusqu'à l'extrémité de chaque branche – processus qui s'apparente à un gâchis sanglant et donne l'impression de priver chacun d'une moitié de soi. Mais quand on s'unit par le mariage plus tard, cela ressemble davantage à la rencontre de deux entités distinctement formées, à une sorte de collision, à la façon dont de vastes blocs continentaux se heurtent et fusionnent au fil du temps géologique, laissant d'immenses et spectaculaires strates de chaînes montagneuses comme preuve de cette fusion. C'est moins un processus organique qu'un événement spatial, une manifestation externe. Les autres pouvaient aisément vivre dans notre entourage, à Tony et à moi, alors qu'ils n'auraient jamais pu pénétrer ni occuper le centre obscur – qu'il ait été mort ou vif – d'un mariage originel. Notre relation ne manquait pas d'ouverture d'esprit, mais elle posait aussi certaines difficultés, des défis naturels à surmonter : il nous fallait construire des ponts et creuser des tunnels pour nous rejoindre et dépasser ce qui en nous était préformé. La dépendance était l'un de ces ponts, et le silence de Tony coulait au-dessous, pareil à une rivière que rien ne vient troubler.

Cette dépendance se dresse sur le versant d'une pente douce, séparée de notre grande demeure en contrebas par un bosquet derrière lequel le soleil se lève et illumine nos fenêtres le matin ; le soir, il se couche derrière ces mêmes arbres et illumine les fenêtres de la dépendance. Celles-ci vont du sol au plafond, de sorte que le spectacle de l'énorme bande horizontale du marais – ses transitions panoramiques de couleurs et de lumières, la menace de ses orages lointains, les grandes migrations d'oiseaux marins qui flottent ou se posent sur son pelage et le mouchettent de blanc, la mer qui parfois s'étend, mugissante, à l'extrémité de la ligne d'horizon en une pâle écume bouillonnante et d'autres fois s'avance, étincelante et silencieuse, pour ensuite tout recouvrir d'une nappe d'eau parfaitement lisse – semble se trouver là, près de soi, dans la pièce.

Ces fenêtres étaient l'une des Certitudes de Tony, or je n'étais pas d'accord, et dès le début je me suis opposée à lui sur ce point, parce que j'ai la conviction qu'une maison doit d'abord être douillette et permettre de ne plus penser au monde extérieur. Le manque d'intimité me gênait, en particulier le soir, quand les lumières étaient allumées, car les occupants pouvaient oublier qu'ils étaient visibles aussi clairement qu'en pleine journée. Je redoute terriblement de voir les autres quand ils ne se savent pas observés et de faire à leur sujet des découvertes que je préférerais ignorer ! En revanche, pour Tony, une vue est empreinte d'une espèce de signification spirituelle, non pas comme une chose qu'on décrit ou dont on parle, mais avec laquelle on vit en harmonie, si bien qu'elle nous renvoie notre regard et s'incorpore à tout ce que l'on fait. Je l'observe lorsqu'il coupe du bois ou bêche le potager et qu'il marque une pause, lève les yeux vers le marais pendant un instant, puis reprend sa tâche ; c'est ainsi que nous nous nourrissons du marais en même temps que de nos légumes et nous réchauffons avec lui dans les feux que nous allumons le soir.

Tony n'a pas voulu m'entendre à propos des fenêtres, allant même jusqu'à feindre de ne pas *pouvoir* m'entendre et, par la suite, chaque fois que j'abordais le sujet et parlais des ennuis qu'elles causaient, il m'écoutait en silence avant de déclarer : « Elles me plaisent. » C'était sa façon à lui, je suppose, de reconnaître qu'il avait peut-être eu tort. La toute première fois que nous avons eu un visiteur, un musicien qui cherchait à enregistrer et à reproduire des motifs de chants d'oiseaux – il avait transformé la dépendance en un studio plein de grosses boîtes noires et d'incroyables consoles munies de cadrans et de lumières clignotantes –, j'ai traversé le bosquet afin de lui apporter du courrier qui venait d'arriver pour lui, et je l'ai trouvé nu comme un ver, debout devant le fourneau, en train de se faire des œufs au plat ! Je me serais éloignée discrètement si, au même instant, il ne m'avait vue à son tour par la fenêtre ; il lui a donc fallu venir m'ouvrir pour prendre son courrier, toujours en costume d'Adam, ayant à l'évidence décidé qu'il valait mieux faire comme s'il ne s'était rien produit d'extraordinaire.

Ou peut-être que rien ne s'était produit, Jeffers – peut-être le monde est-il peuplé d'individus tels que Tony et ce musicien, pour lesquels voir et être vu, qu'on soit habillé ou déshabillé, n'a rien d'inquiétant !

Après cet épisode, j'ai eu la permission d'accrocher des rideaux, de beaux rideaux taillés dans une étoffe de lin épaisse et pâle dont j'étais très fière, même si je savais que Tony avait mal aux yeux chaque fois qu'il les voyait. Le plancher était en larges lattes de châtaignier que les hommes avaient rabotées et poncées eux-mêmes, les murs rugueux avaient été enduits à la chaux, placards et étagères avaient été fabriqués eux aussi en bois de châtaignier, et la demeure entière baignait donc dans une atmosphère très humaine, naturelle, parfaitement harmonieuse, avec ses surfaces granitées et odorantes : rien n'y était austère ou en angles droits comme c'est parfois le cas dans les maisons neuves. Nous avons aménagé une grande pièce principale comprenant un fourneau, une cheminée, quelques fauteuils confortables, ainsi qu'une longue table en bois pour y prendre les repas et travailler ; une autre pièce plus petite en guise de chambre à coucher et une salle de bains meublée d'une jolie baignoire ancienne en fonte que j'avais trouvée dans une brocante. Tout était si frais et charmant que j'étais prête à y emménager moi-même. Une fois le chantier achevé, Tony a dit :

« Justine va croire que nous avons construit cette maison pour elle. »

Oui, je l'avoue, je m'étais en effet demandé ce que ma fille penserait des travaux que nous avions effectués, mais l'idée qu'elle puisse s'imaginer que nous avions fait cela en son honneur ne m'était assurément pas venue à l'esprit ! Pourtant, dès que Tony a prononcé ces mots, j'ai su que c'était vrai, et j'en ai immédiatement éprouvé de la culpabilité, tout en étant résolue à ce que rien ne me soit dérobé. Ces deux états d'esprit me viennent toujours simultanément, comme pour mieux me priver de mes facultés et me menotter – ils me dérangent depuis le tout début, depuis que Justine est venue au monde et semble avoir décidé de demeurer au même endroit que moi, alors que je l'y avais précédée. Je n'ai jamais pu me résigner au fait que, aussitôt après m'être remise de l'enfance, m'être enfin traînée hors de cette fosse et avoir senti le soleil sur mon visage pour la première fois, j'aie été contrainte de renoncer à cette place au soleil pour la céder à un nourrisson, et de me traîner jusqu'à une nouvelle fosse d'abnégation afin de le soustraire à la souffrance que j'avais moi-même endurée ! À l'époque, tout juste après avoir terminé ses études universitaires, Justine était partie travailler pour une organisation à Berlin, mais elle revenait souvent en visite, paraissant légèrement perturbée, l'air d'avoir un besoin immédiat à combler, comme un voyageur qui, dans une gare à une heure d'affluence, cherche des yeux un endroit où s'asseoir en attendant son train. Le siège que je lui proposais avait beau être confortable, elle préférait toujours celui sur lequel j'étais installée. Je me suis demandé s'il ne fallait pas d'emblée lui offrir la dépendance, histoire d'en finir, mais elle est alors tombée amoureuse d'un homme prénommé Kurt et n'est pas rentrée de tout l'été cette année-là ; notre nouvelle vie avec des visiteurs dans le marais a donc débuté.

Je ne suis évidemment pas revenue sur tous ces détails dans ma deuxième lettre à L, m'en tenant à ce qu'il avait, selon moi, besoin de savoir. Quelques semaines de silence se sont écoulées pendant lesquelles la vie a suivi son cours habituel, puis tout d'un coup il a écrit pour annoncer son arrivée – une arrivée imminente, le mois d'après ! Par chance, à cette période, nous n'avions pas de visiteurs ; Tony et moi nous sommes donc affairés dans la dépendance, où nous avons repeint les murs, ciré le plancher et astiqué les vitres avec du papier journal et du vinaigre. Les premières fleurs des cerisiers venaient d'éclore après l'hiver, et le bosquet était tout écumeux de belles efflorescences roses et blanches ; nous avons coupé quelques branches que nous avons disposées dans de grandes jarres en terre cuite et avons même préparé un feu dans l'âtre. Je frottais tant les fenêtres que j'en avais mal aux bras, et le soir nous nous écroulions sur notre lit, épuisés, ayant à peine eu la force de nous faire à dîner.

Puis L a écrit de nouveau :

M

En définitive, j'ai décidé d'aller ailleurs. L'une de mes relations possède une île où je suis invité à séjourner. C'est paraît-il une sorte de paradis. Je vais donc essayer de jouer les Robinson Crusoé pendant quelque temps. Dommage que je ne puisse pas passer voir votre marais. Je n'arrête pas de croiser des gens qui vous connaissent, et ils me disent que vous êtes quelqu'un de bien.

L

Ma foi, nous l'avons accepté, Jeffers, quoique je ne sois pas près de l'oublier, sache-le – cet été-là s'est avéré le plus chaud et le plus magnifique que nous ayons eu depuis des années ; le soir, nous allumions un feu de joie et dormions dehors sous des cieux palpitants d'étoiles, nous nagions dans des anses à marée haute, et je ne cessais d'imaginer comment les choses se seraient déroulées si L avait été là avec nous et de quelle manière il les aurait considérées. Un écrivain est venu s'installer dans la dépendance à la place de L, et nous ne le voyions guère. Il passait ses journées à l'intérieur, rideaux fermés, même par temps de canicule – je crois qu'il dormait ! Mais je pensais souvent à L sur son île, me demandant quel genre de paradis c'était et, bien que notre propriété ait été plus ou moins paradisiaque cet été-là, j'en suis devenue jalouse à force d'y songer. On aurait dit qu'une brise soufflait sans relâche dans ma direction, charriant un parfum de liberté qui me tourmentait – et il m'a soudain semblé que ce tourment me harcelait et me poursuivait depuis trop longtemps. J'avais l'impression d'avoir tout démantelé et de m'être agitée de-ci de-là pour tenter de m'en emparer, comme quelqu'un qui, piqué par une abeille, arrache ses vêtements et court en tous sens, signalant qu'il souffre le martyre à des gens qui ignorent ce qui ne va pas. J'essayais constamment d'inciter Tony à m'en parler – j'éprouvais un besoin dévorant de m'exprimer, d'analyser, d'extérioriser ces sentiments et de les faire apparaître au grand jour, où je pouvais les observer et leur tourner autour. Un soir, alors que Tony et moi allions nous coucher, je m'en suis violemment prise à lui et, furieuse, je lui ai dit toutes sortes de mots terribles : que je me sentais très seule et usée, qu'il ne m'accordait jamais vraiment l'attention véritable qui fait qu'une femme se sent femme et qu'il attendait simplement de moi que je m'enfante, pour ainsi dire, à chaque instant, telle Vénus surgissant d'un coquillage. À croire que je savais exactement ce qui fait qu'une femme se sent femme ! D'impatience, j'ai fini par aller dormir sur le canapé du rez-de-chaussée, où je suis restée étendue en repensant aux paroles que j'avais adressées à Tony, lequel ne fait jamais rien qui puisse me blesser ni ne cherche jamais à me contrôler ; j'ai fini par remonter en courant dans notre chambre et, en bondissant près de lui dans notre lit, j'ai déclaré :

« Oh, Tony, je suis désolée d'avoir dit des choses aussi affreuses. Je sais combien tu es gentil avec moi et je ne veux pas te faire de mal, jamais. Simplement, j'ai parfois besoin de parler afin de me sentir réelle, et j'aimerais tant que tu me parles toi aussi. »

Il a gardé le silence, couché sur le dos dans l'obscurité en regardant fixement le plafond. Puis il a dit :

« J'ai l'impression que mon cœur te parle tout le temps. »

Et voilà, Jeffers ! Je crois franchement que Tony considère les discussions et les bavardages comme du poison, c'est l'une des raisons pour lesquelles nos visiteurs l'apprécient tant : il leur sert en quelque sorte d'antidote contre l'habitude qu'ils ont de s'empoisonner, et d'empoisonner les autres, et ils ont le sentiment d'être beaucoup plus sains. Mais, pour moi, il existe bel et bien une manière de converser qui est saine, quoique rare – une manière de parler au moyen de laquelle on se crée soi-même en s'énonçant soi-même. J'avais souvent ce type de conversation avec les artistes et les autres personnes qui venaient au marais, même s'ils étaient également capables de prononcer des paroles venimeuses, ce qui leur arrivait même très couramment. Mais il y avait suffisamment d'occasions lors desquelles nous étions en accord, transcendions nos propres individualités et fusionnions par l'intermédiaire du langage, pour que cela ne me dérange pas.

À l'automne, j'ai été surprise de recevoir une autre lettre de L :

M

Bon, je l'admets, le paradis n'est pas aussi sensationnel qu'on le prétend. Je me suis lassé de tout ce sable. En plus, comme je me suis coupé et que ça s'est infecté, il a fallu qu'un hydravion vienne me secourir et me transporte à l'hôpital. J'y ai passé six semaines, une perte de temps. La vie s'est écoulée derrière les fenêtres. Je pars à présent à Rio, pour mon exposition. Je ne suis encore jamais allé

dans cette région du monde, mais, d'après ce qu'on m'en a dit, on peut s'y éclater. J'y passerai peut-être l'hiver.
L

Alors même que je venais de m'apaiser de nouveau, il me fallait maintenant vivre nuit et jour avec, à l'esprit, Rio de Janeiro, lieu torride, bruyant, charnel, regorgeant de divertissements licencieux ! Il avait commencé à pleuvoir, les arbres se dénudaient et les vents hivernaux gémissaient au-dessus du marais. J'ouvrais quelquefois le catalogue des œuvres de L pour en contempler les images, et j'éprouvais la même sensation qu'à l'accoutumée. Il y avait naturellement des millions d'autres ramifications dans notre vie, d'autres événements qui se produisaient, accaparant nos pensées et nos sentiments, mais ce sont mes relations avec L qui m'intéressent ici et que je tiens à te faire comprendre, Jeffers. Je ne veux pas donner l'impression que je songeais à lui plus que ce n'était le cas. Mes réflexions à son sujet – qui, en réalité, concernaient son œuvre – étaient cycliques, semblables à un accomplissement. Elles permettaient l'accomplissement de mon moi solitaire et lui procuraient une sorte de continuité.

Et pourtant, j'ai plus ou moins renoncé à l'idée que L viendrait un jour ici et considérerait cet endroit à travers ses propres yeux, ce qui aurait conféré à cet accomplissement un caractère d'irrévocabilité et m'aurait apporté – du moins le croyais-je – une version de la liberté que j'avais toute ma vie désirée. Au cours de l'hiver, il m'a de nouveau écrit deux ou trois fois pour me raconter tout ce qu'il faisait à Rio, allant même jusqu'à m'inviter, dans l'une de ses lettres, à m'y rendre en personne ! Mais je n'avais pas la moindre intention d'aller à Rio ni nulle part ailleurs, et cette lettre m'a agacée car elle me dévalorisait, aussi parce que le ton dont il usait m'a contrainte à ne pas la montrer à Tony. Je crois que cela signifiait qu'il avait peur de moi, pour une raison obscure, et me traiter comme il traitait vraisemblablement les autres femmes était pour lui un moyen de revenir en terrain solide.

Les événements de cet hiver-là sont connus de tous, et il est donc inutile que je les récapitule ici, sauf pour dire que nous avons beaucoup moins senti leur impact que la plupart des gens. Nous avions déjà simplifié notre existence, mais, pour d'autres, ce processus de simplification a été brutal et angoissant. Une seule chose m'a vraiment contrariée : il n'était plus aussi facile de voyager – non que nous allions où que ce soit, de toute façon ! Mais perdre cette liberté m'a néanmoins affectée. Tu sais, Jeffers, que je n'ai pas de patrie et que je ne suis citoyenne d'aucun pays en particulier, et j'éprouvais donc une sensation d'emprisonnement à l'idée de devoir rester où j'étais. Il était également plus compliqué de venir nous voir, mais à l'époque Justine avait déjà été obligée de revenir de Berlin en compagnie de Kurt ; nous les avons donc laissés s'installer dans la dépendance, ainsi que cela avait été décrété dès le début.

Au printemps, j'ai reçu une lettre.

M

Ma parole, tout est devenu complètement dingue. Pas pour vous, peut-être. Mais ça a foiré pour moi, ainsi que mon amie anglaise aime à le dire. La valeur de toute chose a été balayée comme une traînée de crasse. J'ai perdu ma maison, de même que ma résidence à la campagne. Je n'ai jamais eu l'impression qu'elles m'appartenaient, de toute manière. L'autre jour, dans la rue, j'ai entendu quelqu'un dire que ce chaos mondial allait complètement transformer l'atmosphère de Brooklyn. Ha ha !

Pouvez-vous toujours m'accueillir ? Je pense être capable de venir jusqu'à vous. J'ai trouvé un moyen. Me faut-il de l'argent pour séjourner chez vous ?

L

Puisque ce récit parle en partie de la volonté et des conséquences de son exercice, tu remarqueras une chose, Jeffers : tout ce que j'avais décidé est arrivé, mais pas comme je le voulais ! Là réside la différence, je suppose, entre un artiste et une personne ordinaire : l'artiste peut créer hors de lui-même la réplique exacte de ses propres intentions. Nous autres ne créons qu'un fouillis, ou bien un objet qui, si magnifique que nous l'ayons imaginé, reste désespérément artificiel. Cela ne veut pas dire que nous n'ayons pas en nous quelque compartiment dans lequel nous sommes tout aussi capables de nous accomplir instinctivement, de sauter le pas tête baissée, mais rassembler les choses afin de leur assurer une existence permanente est un accomplissement d'un autre ordre. La plupart des gens s'en rapprochent en ayant un enfant. Et dans nul autre domaine nos erreurs et nos limites ne sont plus clairement exposées !

J'ai pris Justine et Kurt à part pour leur expliquer ce qui s'était passé et qu'ils allaient devoir, en fin de compte, s'installer avec nous dans la grande maison – comme de bien entendu, Justine a voulu savoir pourquoi L ne pouvait pas habiter chez nous à leur place. À dire vrai, je ne savais pas tout à fait pourquoi c'était impossible, simplement, cette perspective même – Tony, L et moi vivant tous trois dans la promiscuité – me donnait envie de me recroqueviller, et essayer de l'expliquer à Justine était presque aussi terrible. Je me suis alors sentie âgée, plus vieille que le plus ancien des monuments, et c'est ce qu'on éprouve face à son enfant quand on a encore la prétention, de temps en temps, de concevoir un sentiment sincère qui n'appartient qu'à soi. En de pareils moments, le langage me fait complètement défaut, le langage parental que, d'une manière ou d'une autre, j'ai négligé d'entretenir et de maintenir en bon état, si bien qu'il est comme un moteur rouillé qui refuse de démarrer quand on en a besoin. À cet instant, je n'avais pas envie d'être le parent de qui que ce soit !

Kurt est inopinément venu à mon secours. Jusqu'alors, je n'avais pas souvent eu affaire à lui : qui il était ou ce qu'il était ne me regardait pas, raisonnais-je, même s'il avait une façon bien à lui de vous faire comprendre que sa pensée n'était absolument pas en adéquation avec ce qu'il vous disait, attitude que je n'étais pas certaine de vraiment apprécier. À mon avis, lorsqu'on se comporte ainsi, on ne devrait pas être fier de le montrer aussi ostensiblement. Plutôt maigre et délicat, vêtu avec beaucoup d'élégance, et doté d'un long cou fragile surmonté d'un visage pointu, Kurt, dans son beau plumage, m'évoquait un oiseau. Il s'est tourné vers Justine, a incliné la tête sur le côté à la manière, justement, d'un oiseau, et il a dit :

« Mais enfin, Justine, ils ne peuvent pas cohabiter avec un parfait inconnu. »

C'était magnanime de sa part, Jeffers, étant donné qu'il était lui-même, peu ou prou, un parfait inconnu, et j'étais heureuse que mon point de vue ait été ainsi synthétisé – j'ai alors eu l'impression d'être en définitive tout à fait saine d'esprit. Et Justine, si sage et convenable, a réfléchi pendant une minute environ avant de reconnaître que non, en effet, ce n'était sans doute pas possible, si bien que la bonne éducation de Kurt avait même eu l'effet inattendu d'inciter ma propre enfant à faire preuve de savoir-vivre – j'étais extrêmement impressionnée. Dommage qu'il n'ait pu, ce faisant, se débarrasser de sa mine sournoise et hypocrite.

Nous avons reçu une autre courte lettre de L, qui confirmait ses projets et nous informait de la date de son arrivée. Tony et moi sommes donc allés préparer la dépendance, avec moins de conviction, cette fois, mais seulement un petit peu moins, car recevoir un visiteur était dorénavant une aubaine, nous semblait-il. Dans leur bosquet, les cerisiers étaient de nouveau tout écumants de rose et de blanc, des lances lumineuses de soleil printanier se dressaient fièrement parmi les troncs, et des chants d'oiseaux résonnaient à nos oreilles pendant que nous travaillions ; nous avons parlé de l'année qui s'était presque entièrement écoulée depuis que nous avions fait les premiers préparatifs pour L et l'avions attendu si innocemment. Tony a reconnu que, depuis, lui-même avait commencé à lui enjoindre intérieurement de venir ; rien n'aurait pu me surprendre davantage, ni mieux me confirmer que l'amour est une faiblesse fatale, car Tony n'est pas homme à se mêler à la légère du cours des choses, parfaitement conscient que se charger de l'œuvre du destin revient à assumer la pleine responsabilité de ses conséquences.

L'une des difficultés, Jeffers, que pose le récit d'événements, c'est qu'il vient après que les événements se sont déroulés. Cette idée pourra paraître évidente au point d'en être imbécile, mais je songe souvent qu'il y a autant à dire sur ce qu'on *se figurait* qu'il arriverait que sur ce qui est effectivement arrivé. Pourtant – contrairement au diable –, ces perceptions de la réalité n'ont pas toujours le beau rôle : on s'en débarrasse aussitôt qu'elles ont disparu de nos vies. En faisant un petit effort, je suis capable de me rappeler ce que j'espérais de ma rencontre avec L et ce que je pensais ressentir une fois que je serais près de lui, et vivrais à ses côtés, pendant une période donnée. Je ne sais pourquoi, mais je l'imaginais sombre, cette rencontre, peut-être parce que ses tableaux renferment tant d'obscurité et qu'il emploie la couleur noire avec une vigueur et une joie si curieuses. Je crois aussi que, durant ces quelques semaines, j'ai beaucoup réfléchi aux années affreuses que j'avais traversées avant de connaître Tony alors que je n'y pensais plus que rarement. Ces années ont débuté, pour ainsi dire, par ma rencontre enfiévrée des peintures de L en cette matinée parisienne ensoleillée. La venue de L serait-elle donc une noble conclusion au mal dont cette époque avait été empreinte, signe que j'étais à présent complètement rétablie ?

Au cours des jours précédant l'arrivée de L, ces sentiments m'ont amenée à parler avec Justine de ce qui s'était produit avec plus de franchise que jamais. Non que la franchise d'un parent soit une garantie solide ! Il me semble que les enfants, en règle générale, n'aiment guère les vérités énoncées par leurs parents : ils se forgent très tôt leurs propres idées, ou bien ils expriment des convictions fallacieuses dont on ne peut jamais les détromper, puisque leur conception de la réalité repose intégralement dessus. Je veux bien croire qu'il existe parmi les membres d'une même famille toutes sortes de dénis entêtés, d'aveuglements et de refus d'appeler un chat un chat, car notre confiance en nous-mêmes ne tient ainsi qu'à un fil des plus fins. Autrement dit, il y avait certaines choses que Justine ne pouvait se permettre de savoir, aussi ne s'autorisait-elle pas à s'en informer, même si ses motivations, doubles et indissociables – être près de moi à chaque instant tout en continuant de se méfier de moi –, ne cessaient de se contredire.

Je n'ai jamais particulièrement éprouvé le besoin d'avoir raison, Jeffers, ni celui de l'emporter, et il m'a fallu un temps infini pour m'apercevoir que cela fait de moi une véritable exception, surtout dans le domaine éducatif, où l'égotisme – qu'il relève du narcissisme ou de la victimisation – règne en maître. J'ai parfois eu l'impression qu'en lieu et place de cet égotisme je n'avais à offrir qu'un vaste et grand vide d'autorité. Mon attitude envers Justine, plus ou moins semblable à toutes mes autres attitudes, a toujours été dictée par la conviction tenace que la vérité serait finalement reconnue. Le problème étant qu'il faut parfois une vie entière pour que cette reconnaissance se manifeste. Quand Justine était plus jeune, il y avait eu une malléabilité, un processus actif à l'œuvre dans nos relations, mais à présent qu'elle était une jeune femme, on aurait dit que le temps était brusquement venu à manquer et que nous étions figées dans les positions que nous avions fortuitement adoptées au moment où il s'était arrêté, comme dans le jeu où les participants doivent s'approcher à pas de loup dans le dos du meneur et s'immobiliser à l'instant précis où celui-ci se retourne. Elle se tenait d'un côté, extériorisation de ma force vitale, immunisée contre tout nouveau changement ; et je me tenais de l'autre, incapable de lui expliquer comment, exactement, elle était devenue celle qu'elle était désormais.

Sa relation avec Kurt offrait toutefois un éclairage tout à fait inédit sur le sujet. En ma présence, je l'ai dit, il affectait une attitude insinuant qu'il était déjà au courant de certaines choses, et cela représentait, supposais-je, la somme de tout ce que Justine lui avait raconté à mon propos et qu'il n'aurait pu apprendre autrement. Au début, il traitait aussi Tony comme un cas à part, une sorte d'étranger exotique, et il avait l'habitude exaspérante d'afficher un minuscule sourire en croissant chaque fois qu'il observait mon mari en train de vaquer à ses occupations. Tony réagissait en jouant la carte de la masculinité et en forçant Kurt à l'accepter.

« Kurt, peux-tu m'aider à charger les tas de bois ? » demandait-il. Ou bien : « Kurt, les clôtures dans le champ du fond ont besoin d'être réparées, et il faut être deux pour ce travail. »

« Bien sûr ! » répondait le jeune homme d'un air quelque

peu ironique, quittant son siège en toute hâte et retroussant soigneusement le bas de son pantalon repassé à la perfection.

Comme il fallait s'y attendre, sur ce même mode, il a bientôt nourri pour Tony un attachement puéril et s'est mis à se glorifier de sa propre dextérité et de son esprit pratique, quoique Tony n'ait pas eu l'intention de le laisser s'en tirer aussi facilement.

« Tony, et si on allait ratisser les plates-bandes dans le verger ? J'ai remarqué que les mauvaises herbes recommencent à pousser », proposait-il, pendant que Tony lisait le journal ou était occupé par ailleurs.

« Plus tard », répondait celui-ci, complètement imperturbable.

Tu vois, Jeffers, Tony se refuse à considérer quoi que ce soit comme un jeu et, en se comportant ainsi, il révèle à quel point les autres s'y livrent sans cesse et comment leur conception de l'existence découle entièrement de la subjectivité associée à cette propension au jeu. Si cela signifie parfois qu'il ne peut pleinement participer à la gaieté ambiante, peu importe : l'aiguille de la boussole revient constamment dans sa direction, car en définitive l'existence est une condition sérieuse ; or, sans le bon sens et l'esprit pratique de Tony, la gaieté viendrait rapidement à manquer. Mais j'aime m'amuser et je n'ai pas envie de m'en passer ; de plus, contrairement à Tony, je n'ai pas le sens des réalités, si bien que je me retrouve souvent sans avoir rien à faire. Je n'ai rien à faire ! Telle est ma devise depuis que je vis dans le marais. Je passe semble-t-il beaucoup de temps simplement – dans l'attente.

Lorsque j'ai décidé d'essayer de faire plus ample connaissance avec Kurt, je me suis immédiatement heurtée à un obstacle insurmontable.

« Kurt, comment est-ce, chez toi ?

— J'ai la chance d'appartenir à une famille unie.

— Que fait ta mère ? À quoi s'occupe-t-elle ?

— Ma mère est la plus douée dans son domaine et elle a aussi élevé ses enfants avec succès. De toutes les personnes que je connais, c'est elle que j'admire le plus.

— Et ton père ?

— Mon père a monté sa propre affaire et il est maintenant libre de faire ce qu'il aime. »

Et ainsi de suite, Jeffers, *ad infinitum* – tant d'assertions positives, chacune renfermant un minuscule éclat effilé placé là, aurait-on pu croire, rien que pour moi. Étonnamment, Justine cherchait à s'attirer ses bonnes grâces et se comportait comme une vraie petite épouse vis-à-vis de Kurt, délaissant ce à quoi elle était occupée pour se précipiter vers lui au moindre appel de sa part. Parfois, tandis que je les regardais qui se promenaient ensemble dans le bosquet ou se dirigeaient vers le marais, têtes penchées, ils me paraissaient presque âgés, pareils à un couple de petits vieux faisant le point, sur le lointain rivage de la vie. Le matin, elle lui apportait même une tasse de thé au lit ! Mais ils avaient tous deux perdu leur emploi, ils avaient besoin d'argent, et nous avions beau apprécier leur présence chez nous, ils vivraient à nos crochets tant qu'ils n'auraient pas d'autres projets – nous le savions tous.

L a écrit pour dire qu'il arriverait par bateau ! Cette annonce nous a quelque peu déconcertés, puisque la majorité des ferries long-courriers n'avaient pas été encore remis en service à l'époque, et nous nous étions imaginé qu'il viendrait par un autre moyen. Mais c'était ainsi – il débarquerait dans la petite ville portuaire située au sud du marais, à deux heures de route environ ; aurions-nous la possibilité d'aller l'y chercher ?

« C'est sûrement un bateau privé », a dit Tony avec un haussement d'épaules.

Le jour venu, Tony et moi avons pris la voiture, laissant Justine et Kurt se débrouiller seuls jusqu'à notre retour dans la soirée. Ils ont accepté de préparer le dîner, et je me suis demandé à quoi ressemblerait ce repas en compagnie de L. La « voiture » n'en est pas réellement une, Jeffers, c'est plutôt un camion – un vieil engin carré, muni de roues énormes capables de se frayer un chemin n'importe où et sur n'importe quel terrain ; un véhicule par conséquent très pratique, sauf sur la grande route, où il se met à trembler et à trépider dès qu'on dépasse les soixante-dix kilomètres à l'heure. Sans compter que la banquette arrière, minuscule, tient plutôt du banc, et j'avais déjà résolu de m'y installer pour le long trajet du retour afin que L puisse s'asseoir à l'avant avec Tony. Vu la distance, nous n'avancions pas vite, et Tony et moi veillions à faire quelques haltes et à descendre du camion afin que s'apaisent nos cerveaux tout ébranlés. Depuis la route, qui longe plus ou moins la côte, le paysage est stupéfiant, tout en plongeons et en piqués, les hautes collines vertes et arrondies dévalant droit vers la mer avec, dans leurs replis, les anciens taillis. C'était une splendide journée printanière et, quand nous sortions du camion, les brises venues du large étaient d'une infinie douceur. Le ciel était pareil à une voile bleue tendue au-dessus de nous, les vagues s'écrasaient sur le rivage en contrebas et la surface de l'eau arborait un scintillement singulier, présage d'été le plus favorable qui soit. Nous avions tant de chance d'être là ensemble, Tony et moi – la dette de notre isolement est instantanément acquittée dans des moments tels que celui-ci. Bien qu'il s'étende juste au sud de notre propriété, ce paysage verdoyant, vertigineux, pétri de mouvements et de lumière, présente un contraste saisissant avec la subtilité de notre marais de basse altitude : venir jusqu'ici nous stimule et nous revigore toujours, et pourtant nous ne nous y rendons pas aussi fréquemment que nous le pourrions. Pourquoi donc, Jeffers ? Le motif sur lequel reposent le changement et la répétition est profondément lié à l'harmonie particulière de la vie, et l'exercice de la liberté y est astreint, comme à une discipline. Il faut profiter des changements qui s'opèrent en nous avec modération, ainsi qu'on le ferait d'un vin corsé. Avant Tony, j'étais bien peu consciente que pareils phénomènes se manifestaient dans mon existence : j'ignorais totalement pourquoi les choses se produisaient ainsi et pas autrement, pourquoi j'étais comme gorgée de sensations à un moment et comme privée d'elles l'instant d'après, je ne savais pas non plus d'où provenaient ma solitude et ma joie, quels choix étaient bénéfiques à ma santé et à mon bonheur et quels autres leur étaient délétères, pourquoi je faisais ce que je ne voulais pas et ne pouvais pas faire ce que je voulais. Je comprenais encore moins ce qu'était la liberté et par quel moyen l'obtenir. Je croyais qu'il s'agissait d'un simple affranchissement, d'une échappée, alors qu'en réalité – tu le sais très bien –, c'est le dividende que rapportent l'obéissance tenace aux lois de la création et la domination exercée sur celles-ci. Les doigts rigoureusement entraînés du pianiste de concert sont plus libres que le cœur asservi du mélomane ne le sera jamais. Cela explique sans doute pourquoi les grands artistes sont parfois des individus si odieux et décevants. La vie offre rarement assez de temps ou d'occasions d'accéder à la liberté de plus d'une façon.

Nous avons gagné la ville en avance et avons mangé nos sandwiches assis sur la digue ; puis, à l'heure convenue, nous sommes descendus vers le port pour y retrouver L. Dans la zone des arrivées, nous nous sommes renseignés sur les horaires des bateaux, mais aucun ne semblait correspondre à l'un de ceux sur lesquels L avait pu embarquer. Nous nous sommes préparés à une longue attente : puisque nous ne savions pas exactement par quel *moyen* il arriverait, nous n'espérions pas grand-chose en matière de ponctualité.

Il faut que j'essaie de te décrire de quoi nous avions l'air, Jeffers, afin que tu puisses imaginer ces instants du point de vue de L. Dans tous les cas, il n'y a absolument rien d'ordinaire dans l'apparence de Tony ! Il est très grand et imposant, d'une constitution vigoureuse en raison des tâches manuelles qu'il effectue, et sa longue chevelure blanche serait plus longue encore si je ne m'emparais à l'occasion d'une paire de ciseaux. Il raconte que ses cheveux ont blanchi quand il avait une vingtaine d'années. Ils sont plutôt fins et soyeux, presque comme ceux d'une femme, et légèrement bleutés. Tony est la seule personne à avoir la peau foncée à des kilomètres à la ronde, car il a été adopté par une famille du marais alors qu'il était encore bébé. Il ignore tout de ses origines et n'a jamais cherché à les retracer. Ses parents ne lui ont pas dit qu'il avait été adopté, personne d'autre non plus n'en parlait jamais autour de lui et, comme ils menaient une existence particulièrement isolée, ce n'est que vers l'âge de onze ou douze ans, m'a-t-il dit, qu'il a fini par comprendre pourquoi sa couleur de peau était différente de la leur ! J'ai déjà vu des Indiens d'Amérique en photo, et la ressemblance avec Tony est frappante, même si je me demande bien comment cela serait possible. C'est un homme laid plutôt qu'agréable à regarder, pourvu de la permanence et de la dignité que confère la laideur, mais pris dans son ensemble c'est un bel individu, si tu vois ce que j'entends par là. Il a un visage large aux traits lourds et proéminents, à l'exception des yeux, qu'il a petits et durs, et qui donnent l'impression de fixer le lointain. Il a les dents tordues, faute d'avoir consulté un orthodontiste quand il était plus jeune. Dans son souvenir, il a eu une enfance parfaitement heureuse. Il a grandi près de la maison où nous vivons maintenant, et il n'a pas vraiment fréquenté l'école, car ses parents, qui avaient des convictions éducatives singulières, ont préféré l'instruire eux-mêmes. Ils ont eu un autre enfant, biologique celui-là, un garçon du même âge que Tony, et tous deux ont grandi côte à côte, l'un à la peau blanche, l'autre à la peau sombre. Je n'ai jamais rencontré le frère de Tony et je ne sais pratiquement rien de lui, sauf qu'il a quitté le marais quand il a eu dix-huit ans et qu'il n'est pas revenu. Je devine qu'ils se sont brouillés, mais je ne sais pas à quel propos. Je crois que Tony devait être le préféré de ses parents, d'après les maigres renseignements qu'il m'a fournis. Je me demande ce que cela fait d'adopter un enfant pour ensuite le préférer au sien. Cela me paraît absolument compréhensible, sans que je puisse me l'expliquer. Ses parents sont morts tous les deux en même temps – ils se sont noyés, Jeffers, au cours d'une des marées de tempête qui surviennent parfois le long de notre littoral et prennent au dépourvu même des gens qui connaissent les lieux dans les moindres détails. C'était l'été, ils étaient partis ensemble sur leur bateau, la mer est montée et les a emportés. Tony est toujours sur l'eau lui aussi, à pêcher ou à placer des pièges à crabes et à homards, mais je crois qu'il en a peur, au fond de lui.

Tony n'a jamais – du moins à ma connaissance – acheté un vêtement de sa vie, puisque son père et son grand-père adoptifs, eux aussi des hommes grands et forts, lui en ont légué une telle réserve qu'il trouve toujours quelque chose dans son armoire. Cela conduit cependant à quelques excentricités vestimentaires : en cette occasion – le jour de l'arrivée de L –, il portait l'un des costumes trois-pièces ayant appartenu à son grand-père, agrémenté de son gilet en tartan et de sa chaîne de montre. Vu son énorme stature, ses longs cheveux blancs et son visage sombre, taillé à la serpe, il devait présenter une apparence extrêmement insolite – je ne m'en rends pas toujours compte, tant je suis habituée à lui. Pour ma part, j'étais sans nul doute habillée comme à l'ordinaire, en noir ou en blanc, je ne m'en souviens pas. J'aime les vêtements doux, enveloppants et informes, que je peux superposer ou ôter en fonction du temps qu'il fait. Cet aspect des choses m'a toujours un peu échappé, et devoir faire des choix me paraît particulièrement difficile ; par conséquent, cela a été un grand jour pour moi lorsque j'ai pris conscience que je pouvais simplement tout porter en même temps, et qu'en me limitant au noir et au blanc je n'aurais plus jamais besoin de m'interroger sur l'esthétique de mes tenues.

Tu sais à quoi je ressemble, Jeffers, et je n'avais guère changé à cette époque, pas plus que je n'ai changé aujourd'hui. J'ai toujours été assez fataliste s'agissant de mon allure, comme si je battais et rebattais sans relâche le même vieux paquet de cartes, quoique durant les années difficiles ayant précédé ma rencontre avec Tony j'aie perdu une partie de ce jeu de cartes – des kilos que je n'ai jamais repris. Ce jour-là, au port, la donne correspondait à ma cinquantième année. J'avais le visage plissé, mais pas tant que cela : après m'avoir tant tracassée dans ma jeunesse, ma peau grasse m'avait, à ce stade de l'existence, protégée des rides, un rare exemple d'équité dans le lot humain. Des mèches grises striaient ma longue chevelure, une combinaison horrible qui, à mon avis, évoque la sorcière, mais pour ce qui est de mon apparence Tony n'a qu'une exigence : il refuse que je me coupe ou me teigne les cheveux ; après tout, c'est lui qui les a sous les yeux. Ce jour-là, le jour de l'arrivée de L, je me souviens très bien d'avoir été inhabituellement consciente d'un sentiment précis, à savoir que je n'avais jamais vécu ma beauté dans l'instant – à supposer que j'en possède un tant soit peu. J'avais toujours eu l'impression que c'était une chose que j'étais susceptible de trouver, ou que j'avais temporairement perdue, ou encore que je recherchais – elle m'avait paru, à l'occasion, immanente, mais je n'avais jamais eu la sensation de la tenir au creux de ma main. En disant cela, je laisse entendre, je le vois bien, que selon moi d'autres femmes éprouvent cette sensation, or j'ignore si cela est vraiment exact. Je n'ai jamais été assez proche d'une autre femme pour le savoir – ainsi qu'une fille peut le savoir intimement de sa mère, par exemple. Pour une raison qui m'échappe, j'imagine la mère remettant à sa fille le trésor de sa beauté.

Revenons à l'arrivée de L : nous étions donc assis sur nos chaises en plastique dans le terminal, quand un homme et une femme sont entrés. Comme nous nous attendions à ce que L vienne de l'autre direction, nous ne leur avons pas vraiment prêté attention, et puis je les ai mieux regardés avant de saisir que l'homme devait être L ! Il s'est approché et a prononcé mon nom d'un ton interrogateur ; toute troublée, je me suis levée pour lui serrer la main et, au même instant, il s'est écarté et a poussé devant lui la femme qui l'accompagnait.

« Voici mon amie Brett », a-t-il dit.

Je me suis ainsi retrouvée à échanger une poignée de main non pas avec L mais avec une séduisante créature qui devait approcher de la trentaine, dont l'allure assurée et élégante tranchait entièrement avec le décor, et qui m'a offert le bout de ses doigts aux ongles vernis avec autant d'insouciance que si nous nous rencontrions à un cocktail sur la Cinquième Avenue plutôt qu'aux confins de la terre ! Elle s'est mise à parler avec trop d'exubérance mais, prise au dépourvu, je n'entendais pas vraiment ce qu'elle disait et je ne cessais de jeter des regards du côté de L, qui paraissait s'être dissimulé derrière elle. Tony s'était levé à son tour. Il n'est jamais d'aucune aide dans ce type de situation – il se contente de rester planté là sans prononcer un mot. Pour ma part, je ne supporte aucune forme d'embarras ou de tension en société : je me sens soudain si vide à l'intérieur que je n'ai plus conscience de ce que les gens racontent ou font précisément. Je suis donc bien incapable de te relater avec exactitude ce que nous nous sommes dit au cours de ces premiers instants, Jeffers ; simplement, quand j'ai présenté Tony à la jeune femme – Brett –, elle a paru stupéfaite et l'a toisé de la tête aux pieds : je n'avais jamais vu un regard aussi franchement critique de toute ma vie ! Puis elle s'est tournée vers moi et m'a décoché un regard semblable ; j'ai alors saisi qu'elle imaginait notre vie sexuelle, à Tony et à moi, tâchant de la comprendre et d'en deviner la nature. Elle avait une curieuse bouche qui restait entrouverte et dont la forme évoquait une boîte aux lettres – la bouche d'un bandit de bande dessinée, ai-je souvent pensé par la suite. Pendant ces moments de grand affolement, j'ai lancé de brefs coups d'œil pénétrants à L, qui s'esquivait et se cachait derrière Brett. Plutôt sec, nerveux et petit – plus que moi –, il avait l'air fringant et lascif dans une tenue composée d'un pantalon blanc dont le bas était retroussé, de chaussures bateau en cuir, d'une chemise bleue bien propre et d'un foulard aux couleurs vives noué autour du cou. Il était extrêmement pimpant et soigné de sa personne, ce qui m'a étonnée. Son maintien était comme léger et sautillant, alors que je l'avais imaginé plus pesant et basané, et ses yeux étaient des pépites bleu ciel qui diffusaient une lumière des plus frappantes. Pareils à deux soleils, ils m'illuminaient chaque fois qu'ils croisaient les miens.

Sans savoir comment, j'ai réussi à leur faire quitter le terminal pour gravir la colline jusqu'au camion, trajet durant lequel ils nous ont informés qu'ils n'étaient pas venus par bateau mais par avion privé ; le cousin de Brett, un milliardaire quelconque, en possédait un, et il les avait déposés la veille avant de filer ailleurs. Ils avaient passé la nuit en ville, dans un hôtel, ce qui expliquait cette allure impeccable qui m'avait tant décontenancée : après un voyage long et pénible, nos visiteurs arrivent généralement dans notre région du monde un tant soit peu dépenaillés. Cela expliquait également l'absence de bagages, qu'ils avaient laissés à l'hôtel, et nous avons accepté de passer les récupérer en chemin. Cela m'a fait bizarre de penser qu'ils étaient là depuis une journée et une nuit entières sans que j'aie été au courant – je ne sais pourquoi, Jeffers, mais cela leur conférait, semblait-il, une espèce de pouvoir sur nous et les mettait dans une position avantageuse. Nous avons atteint le camion, qui d'ordinaire me paraît fiable et accueillant ; je l'ai regardé avant d'observer Tony qui se tenait à côté dans son costume trois-pièces, et un doute affreux m'a traversée, de la même façon que la foudre peut s'abattre sur un arbre, le transpercer de haut en bas et l'évider de son centre. Oh, rien ne se passait comme je l'avais prévu ! J'ai soudain eu peur que ma foi dans la vie que je menais ne soit ébranlée, que tout ce que j'avais bâti ne s'effondre sur moi et que je ne sois de nouveau malheureuse – à cet instant, j'ignorais comment j'allais m'en tirer. En premier lieu, il y avait à l'évidence le problème que posait la présence de cette Brett, à laquelle nous ne nous étions absolument pas attendus et qui créait déjà une deuxième difficulté en renforçant la nature insaisissable de L. J'ai immédiatement saisi qu'il se servirait d'elle comme d'un faire-valoir et d'un bouclier, et qu'il l'avait probablement amenée ici dans ce but, afin de se protéger des circonstances inconnues dans lesquelles il s'aventurait, ce qui revenait à se protéger de moi !

Je dois ajouter, Jeffers, que je n'avais en général pas besoin que mes visiteurs me prêtent une attention particulière ni n'espérais cela de leur part, pas même de L, alors que je m'intéressais à lui depuis si longtemps et que j'avais établi avec son œuvre une relation singulière. Mais un arrangement tel que le nôtre requiert certaines conditions, sans lesquelles toutes sortes d'abus deviennent possibles, or il y en avait une qui primait sur les autres : la préservation de notre intimité et de la dignité de notre mode de vie. À en croire diverses confidences qu'il m'avait faites au cours de notre correspondance, L ne répugnait pas à accepter des faveurs de la part de ses amis et de ses connaissances, dont la plupart étaient vraisemblablement riches. Nous étions loin d'être pauvres, mais nous vivions simplement et en pleine confiance avec notre entourage – en d'autres termes, nous ne lui offrions pas des vacances de luxe ni une demeure de grand standing réservée à son usage personnel. Jusqu'alors, tous nos visiteurs l'avaient compris immédiatement, naturellement, et une ligne invisible, devant laquelle nous nous étions tous instinctivement rencontrés, entre intimité et chaleureuse communion, s'était formée. Mais, en observant L et plus encore Brett, je me demandais si nous n'avions pas invité, pour la première fois, un coucou dans notre nid.

Il a d'abord fallu tous tenir dans le camion, et ensuite, après les avoir récupérés à l'hôtel, y faire aussi rentrer leurs bagages. Comme ils avaient de nombreux sacs et de nombreuses valises, Tony a passé un long moment à leur faire de la place, pendant que nous attendions sur la chaussée en tentant de meubler le silence. L m'avait tourné le dos et, les mains dans les poches, contemplait la mer tumultueuse en contrebas, tandis que la brise gonflait sa chemise et plaquait contre son crâne ses cheveux grisonnants, courts et fins. Je me suis retrouvée avec Brett qui, je l'avais déjà compris, était quelqu'un d'insinuant qui aimait à empiéter sur l'espace corporel d'autrui et à s'y s'installer confortablement, tel un chat s'enroulant autour de vos jambes avant de bondir sur vos genoux. Elle était anglaise : me rappelant l'allusion à une « amie anglaise » dans l'une des lettres de L, je me suis demandé s'il s'agissait de la même personne. Elle parlait beaucoup, mais on pouvait rarement apporter de réponse à ce qu'elle racontait et, comme je l'ai déjà fait observer, elle était d'une beauté éblouissante, de sorte qu'elle donnait plutôt l'impression d'exécuter un numéro dont on aurait été le spectateur. Elle avait une chevelure très blonde, douce et ondulée, ainsi qu'un petit visage modelé de manière exquise, doté d'un nez retroussé et de grands yeux marron saisissants, auxquels il fallait ajouter cette bouche étrange et brutale. Elle portait une robe ajustée en soie à motifs dont la ceinture lui enserrait fermement la taille et une paire de sandales rouges à très hauts talons – j'avais été surprise de la voir, ainsi chaussée, se déplacer extrêmement rapidement quand nous avions gravi la colline. Tandis que Tony s'activait avec les valises, elle ne cessait de lui prodiguer des conseils et de le gêner dans sa tâche, au point que L s'est subitement retourné et, par-dessus son épaule, a ordonné d'un ton bourru :

« Ne t'en mêle pas, Brett. »

Il faut dire que Tony a pris un temps infini pour tout caser et, à un moment, alors qu'il me semblait que nous allions enfin partir, il a soudain secoué la tête, ressorti les bagages du camion et recommencé ; pendant ce temps la brise s'était levée et l'air s'était rafraîchi, et j'ai pensé au long voyage cahoteux qui nous attendait, à ma maison et à mon jardin paisibles et confortables, au fait que j'aurais tout simplement pu passer une journée plaisante et ordinaire ; tout bien considéré, j'ai trouvé le moyen de me sentir extrêmement malheureuse à l'idée de ce que j'avais provoqué. Nous avons fini par monter dans le camion, L et Brett en définitive pressés l'un contre l'autre sur la banquette arrière, Tony et moi à l'avant, où je comptais sur le bruit du moteur pour rendre toute conversation impossible. Durant le trajet du retour, je suis restée sur l'impression qu'il s'était produit une espèce de collision ou de heurt, source de secousses et de discordances qui me donnaient le tournis, et j'étais assaillie par la sensation de vide et d'engourdissement que j'éprouve toujours en pareilles circonstances. Le visage de profil de Tony, qui regardait impassiblement la route devant lui, m'est en général d'un grand réconfort quand je suis dans cet état, mais cette fois cela aggravait presque la situation, car je n'étais pas certaine que L et Brett parviendraient jamais à saisir Tony, et réciproquement ; or devoir expliquer les uns aux autres était bien la dernière chose que j'avais envie de faire, en plus de tout le reste.

Si je ne garde qu'un vague souvenir de ce trajet – je l'ai effacé de ma mémoire –, je me rappelle toutefois qu'à un moment Brett s'est penchée en avant et m'a dit à l'oreille :

« Je peux vous teindre les cheveux pour cacher vos mèches grises, vous savez. J'ai ma méthode, et personne ne s'en rendra compte. »

Assise juste derrière moi, elle avait à l'évidence eu amplement le temps de les examiner depuis son siège.

« Ils sont vraiment très secs », a-t-elle ajouté, s'avisant même d'y passer les doigts pour apporter la preuve de ce qu'elle avançait.

Je t'ai déjà parlé, Jeffers, de mon rapport aux commentaires, aux critiques et au sentiment d'invisibilité qui me gagnait très souvent, à présent que la vie que je menais ne m'exposait que rarement aux remarques d'autrui. En conséquence de quoi j'avais dû développer, je suppose, une sensibilité exacerbée ou une allergie aux commentaires – en tout cas, au contact des doigts de cette femme dans mes cheveux, j'ai eu toutes les peines du monde à ne pas hurler en me dégageant violemment ! Mais, naturellement, je me suis contentée d'enfouir ces émotions au fond de moi et de rester muette, pareille à une bête au supplice, et d'attendre que nous ayons enfin atteint le marais pour descendre du camion.

Justine et Kurt avaient tout préparé exactement comme je l'avais espéré – mais ce que j'avais espéré n'était plus de circonstance, c'était bien le problème. Ils avaient allumé les bougies et fait un feu dans la cheminée, décoré la table avec les premières fleurs printanières cueillies dans le marais et rempli la maison de chaleur et de bonnes odeurs de cuisine. La présence d'une personne supplémentaire ne les a absolument pas perturbés – la faculté d'acceptation propre à la jeunesse –, et ils ont ajouté un couvert ; avant de dîner, j'ai conduit L et Brett jusqu'à la dépendance afin qu'ils puissent s'installer, tandis que Tony faisait le tour en camion pour décharger leurs bagages. J'aurais tant voulu m'en remettre entièrement à lui, aller me coucher, rabattre les couvertures au-dessus de ma tête et ne plus avoir à prononcer une seule parole ! Mais ce n'est pas à Tony de prendre ma place ni à moi de prendre la sienne. Nous sommes deux individus indépendants, et chacun de nous a un rôle distinct à jouer ; et j'ai beau vouloir que cette règle puisse être enfreinte à l'occasion, j'ai toujours su que c'était sur elle que reposait le fondement même de mon existence.

Quand j'ai ouvert la porte de la dépendance, que je suis entrée et que j'ai allumé les lumières, l'endroit m'a soudain paru parfaitement insalubre et miteux, comme si L et Brett, avec leurs valises chics, leurs vêtements coûteux et l'air qu'ils avaient d'être apparemment habitués au luxe, avaient introduit dans ce lieu un critère inédit, une nouvelle façon de voir, au point que les vieilles choses ne pouvaient plus conserver leur forme première. Les placards et les étagères en bois semblaient rudimentaires et en fouillis ; le fourneau, la table et les fauteuils étaient bien austères à la lumière électrique. Nos reflets brillaient avec éclat sur les fenêtres, car il faisait déjà presque nuit à présent et les rideaux n'étaient pas fermés. Je les ai tirés tout en détournant les yeux des images que renvoyaient les vitres. L a regardé autour de lui sans rien dire, et il n'y avait de toute façon rien à dire ; j'avais toutefois déjà compris que Brett était dans l'impossibilité physique de refréner son envie d'émettre des commentaires, et je n'ai ainsi pas été le moins du monde surprise lorsqu'elle a ri sottement avant de s'exclamer :

« C'est une cabane dans les bois digne d'une histoire d'épouvante ! »

Tu dois te rappeler, Jeffers, que L est devenu extrêmement célèbre au tout début de sa carrière, alors qu'il n'avait qu'une vingtaine d'années. Il a dû ensuite avoir l'impression d'avoir reçu un fardeau sous lequel il lui faudrait ployer pour le restant de ses jours. Pareilles choses dénaturent le flux de l'expérience et déforment la personnalité. Il m'a raconté qu'il avait quitté sa famille quand il était encore très jeune, à quatorze ou quinze ans, et qu'il était parti pour la ville, même si j'ignore comment il a survécu durant cette période. Sa mère avait plusieurs autres enfants nés d'un premier mariage, et ces derniers, plus âgés, s'en étaient apparemment pris à L et l'avaient menacé ; il s'était donc enfui. Son père avait été son ami et son protecteur, mais il était mort, d'un cancer, je crois.

Ils vivaient dans une région désolée, une petite localité située au beau milieu d'une plaine déserte à des kilomètres à la ronde. Ses parents possédaient un abattoir, et la famille habitait en face. Dans certains de ses souvenirs les plus anciens, il regarde, par la fenêtre de sa chambre, les poules dans la cour qui picorent dans des flaques de sang. La brutalité de ses premières œuvres, qui a tant choqué et attiré l'attention, et qu'on a interprétée comme une représentation de la violence sociétale en général, trouve probablement sa source dans cet élément plus primitif et personnel. Je me demande si cela explique pourquoi L n'a jamais su tout à fait reconquérir la faveur des critiques : ceux-ci s'attendaient à ce qu'il continue de les choquer, sans se rendre compte que son travail, en réalité, était introspectif depuis le début. Ainsi, sa renommée et son succès ont ensuite emprunté une voie escarpée et pénible, qu'accompagnait toujours un sentiment de réserve et de déception presque indicible ; pourtant, en partie grâce à son talent virtuose, il n'a jamais perdu de son prestige ni de son honneur artistique, alors même que l'art pictural, au fil des ans, épousait les fluctuations de la mode. L a survécu à ces changements de goût du public, et on s'est souvent interrogé sur la raison de cette constante ; je crois pour ma part que c'est parce qu'il ne s'est jamais prostitué à ce même public.

Je te raconte tout cela, Jeffers, car c'est ce que L m'a confié : j'ignore si ces faits de son enfance – s'ils sont effectivement avérés – sont connus de manière générale. Je ne veux te raconter que ce que je peux vérifier personnellement, c'est important pour moi, quand bien même il serait tentant de recourir à d'autres sortes de preuves, ou bien d'inventer ou d'embellir les choses dans l'espoir de te les présenter sous un jour plus favorable, ou pire encore de t'inciter à t'identifier à mes sentiments et à ma façon de voir. Il faut pour cela exceller dans son art, et j'ai connu suffisamment d'artistes pour comprendre que je n'appartiens pas à cette catégorie ! Je suis néanmoins convaincue qu'il existe un don plus courant qui permet de déchiffrer la surface de la vie et les formes qu'elle revêt, et ce don provient d'une faculté à prêter attention et à appréhender les œuvres de créateurs, ou bien il devient cette même faculté. En d'autres termes, il est possible de se sentir étrangement proche du processus créatif lorsqu'on voit les principes qui sous-tendent l'art – ou un artiste en particulier – se refléter dans la trame de l'existence. Cela explique peut-être certaines des pulsions irrésistibles que j'éprouvais s'agissant de L : par exemple, quand je regardais le marais, lequel paraissait obéir à un si grand nombre des règles de L en matière de lumière et de perception qu'il ressemblait souvent à un tableau qu'il aurait pu peindre, je regardais en un sens des œuvres de lui qu'il n'avait pas créées et que par conséquent je créais – je suppose – moi-même. Je ne sais que penser de la portée morale de ces demi-créations, laquelle s'apparente – si du moins je peux hasarder cette hypothèse – à la portée morale de l'influence en général, et représente dès lors une force puissante qui sert à la fois le bien et le mal dans les affaires humaines.

Le matin qui a suivi l'arrivée de L, je me suis réveillée tôt et j'ai vu le soleil poindre, rose et doré à travers les arbres ; je me suis donc levée et, laissant Tony dormir, je suis sortie. J'avais grand besoin de m'apaiser et d'être de nouveau en prise avec la place que j'occupais dans le monde après toutes les discordances et les secousses de la veille – qui, naturellement, dans cette belle lumière matinale, ne me paraissaient plus aussi affreuses que j'en avais d'abord eu l'impression. Avançant dans l'herbe humide et brillante, je me suis dirigée vers l'endroit où les arbres cèdent la place à une vaste vue sur le marais, là où se trouve le vieux bateau qui, proue dressée, aspire à rejoindre la mer. La marée était haute et l'eau s'était déployée pour recouvrir la terre, à la façon silencieuse et magique des marées de cette région, qui évoquent d'une certaine manière un corps se tournant, s'étirant et s'ouvrant dans son sommeil.

L était là, debout près du bateau, regardant la même chose que moi, et je n'ai eu d'autre choix que de m'approcher et de le saluer, en dépit du fait que je n'étais pas préparée du tout à une rencontre et que j'étais encore en chemise de nuit. Mais j'avais déjà compris que telle serait la note dominante de mes rapports avec L : lui se dérobant à ma volonté et à ma vision des événements, lui m'arrachant ce qui était sous mon contrôle dans les transactions les plus intimes qui soient, non par sabotage délibéré mais en vertu du simple fait que lui-même ne pouvait être contrôlé. L'inviter dans ma vie avait été mon affaire à moi seule ! Et j'ai soudain saisi, ce matin-là, que cette perte de contrôle m'ouvrait de nouvelles perspectives, même si jusqu'à présent elle avait provoqué ma colère et que par sa faute je m'étais sentie laide et tourneboulée, comme si c'était en soi une sorte de liberté.

En m'entendant arriver, il s'est retourné et adressé à moi. Je ne t'ai pas encore dit, Jeffers, que L parlait tout doucement : c'était un murmure, comparable à des voix qui se répondent dans une pièce voisine, à mi-chemin entre la musique et la parole. Il fallait se concentrer pour saisir ses mots. Pourtant, tandis qu'il parlait, la lumière saisissante de ses yeux vous rivait sur place.

« C'est beau, ici, a-t-il dit. Nous vous sommes très reconnaissants. »

Il était frais et rasé de près, vêtu d'une chemise bien repassée, un autre foulard coloré autour du cou. Qu'il ait mentionné sa gratitude m'a aussitôt remplie de honte, comme si je l'avais soudoyé en lui offrant quelque chose qu'il avait poliment décliné. Sa présence ici devenait de ce fait mon entière responsabilité, ainsi que je l'ai déjà dit. J'étais accoutumée à ce que nos visiteurs, très rapidement, se montrent indépendants ou bien feignent de l'être, et fassent clairement comprendre – d'un point de vue strictement égotiste – qu'ils y trouvaient leur compte. L en revanche se comportait en enfant bien élevé, que l'on a emmené quelque part contre son gré.

« Rien ne vous oblige à être ici », ai-je dit, ou plus précisément me suis-je entendue lui dire, car ce n'était pas le genre de déclaration que j'avais l'habitude de faire.

Il a paru interloqué et, l'espace d'une seconde, la lumière s'est éteinte dans ses yeux avant de revenir.

« Je le sais, a-t-il répondu.

— Je ne veux pas de votre gratitude. Ça me donne l'impression d'être vieillotte et laide, comme un prix de consolation. »

Il y a eu un silence.

« Très bien », a-t-il dit, et un sourire malicieux est apparu sur son visage.

J'étais plantée là dans ma chemise de nuit froissée, cheveux ébouriffés, pieds nus refroidis par la rosée et, me semblait-il, j'aurais aimé pouvoir fondre en larmes – des impulsions si étranges, si violentes, me saisissaient les unes après les autres. J'avais envie de m'allonger par terre et de marteler l'herbe de mes poings – j'avais envie de faire l'expérience d'une perte de contrôle totale, tout en sachant que je ne maîtrisais déjà plus rien dans cet échange avec L.

« Je pensais que vous viendriez seul, ai-je repris.

— Oh, a-t-il fait doucement. C'est ce que vous pensiez », a-t-il constaté – à croire que cela ne portait pas à conséquence et qu'il avait simplement oublié de m'en informer. « Brett est une fille bien, a-t-il ajouté.

— Mais cela change tout », me suis-je lamentée.

J'ai du mal à te faire comprendre, Jeffers, le sentiment de familiarité intime que j'ai éprouvé dès cette première conversation avec L, une intimité qui était quasiment un lien de parenté, comme si nous étions frère et sœur – presque comme si nous partagions une même origine. Le désir que j'avais de pleurer, de me laisser aller devant lui – à supposer que ma vie entière, jusqu'à cet instant précis, n'ait consisté qu'à me contrôler et à contenir mes émotions –, participait de cet irrépressible sentiment de reconnaissance. J'avais une conscience aiguë de mon manque d'attrait, ce qui serait le cas chaque fois que j'aurais affaire à L, et je crois que cette sensation est significative, pour douloureux qu'il soit de me la remémorer. Parce qu'en réalité je n'étais pas sans attrait, et assurément pas davantage à cette époque qu'à d'autres périodes de ma vie ; ou plutôt, quelle qu'ait été ma valeur marchande en tant que femme, les puissantes émotions qui m'assaillaient et qui faisaient que je me considérais comme laide ou repoussante ne provenaient pas d'une réalité ou d'un regard extérieurs, mais de l'intérieur de mon être propre. On aurait dit que cette image intime était soudain devenue visible à d'autres yeux, en particulier à ceux de L, et à ceux de Brett aussi – songer au caractère envahissant de celle-ci et de ses commentaires suggestifs m'était, dans l'état où je me trouvais, insupportable ! Je me suis aperçue que cette laideur était en moi d'aussi loin que je me souvienne, et qu'en l'offrant à L je m'imaginais peut-être, à tort, qu'il pouvait me l'arracher, ou bien me fournir une occasion de lui échapper.

Avec le recul, je constate que ce que je ressentais était sans doute simplement dû au choc d'avoir été confrontée à ma nature compartimentée. Il y avait tant de compartiments où j'avais conservé des choses, et je décidais lesquelles montrer aux autres, eux-mêmes isolés dans leurs propres compartiments ! Jusqu'alors, il m'avait semblé que Tony était la personne la moins cloisonnée que je connaisse ; en tout cas, il s'en tenait désormais à deux compartiments seulement : d'un côté ce qu'il disait et ce qu'il faisait, de l'autre ce qu'il ne disait ni ne faisait. Mais j'ai eu l'impression que L était le premier individu que je rencontrais à former un tout entièrement indivisé, et une impulsion me poussait à le capturer, comme on le ferait d'une créature sauvage qu'il est nécessaire de prendre au piège, tandis que je m'avisais dans le même temps que sa nature même consistait à ne pas être capturé, et que je serais tout bonnement contrainte de m'incliner devant lui dans un état d'atroce liberté.

Il s'est mis à parler, détournant les yeux de moi pour les diriger vers l'eau et le marais, et il m'a fallu tendre l'oreille et me tenir parfaitement immobile afin d'entendre ce qu'il disait. Le soleil, plus haut à présent, repoussait les ombres des arbres en travers de l'étendue d'herbe où nous nous trouvions, et l'eau avançait de même, si bien que nous étions retenus entre eux : c'était l'un de ces processus au cours desquels des changements presque imperceptibles se produisent dans ce paysage, et qui donnent l'impression de participer à un devenir en mouvement. L'immobilité grandit encore et encore, l'air se charge d'une intensité croissante et finalement la mer commence à renvoyer sa lumière à la manière d'un bouclier. Je suis incapable de te rapporter fidèlement les paroles de L, Jeffers : en tout cas, je ne crois pas que quiconque puisse retenir et consigner avec exactitude des propos d'une telle profondeur, et je suis résolue à ne rien falsifier, quand bien même cela ne constituerait pas un récit. Il m'a confié sa lassitude vis-à-vis de la société et son besoin constant de lui échapper, le problème que cela posait car il ne pouvait par conséquent se fixer nulle part. Quand il était jeune homme, a-t-il dit, cette légère précarité ne l'avait pas dérangé et, en avançant en âge, il avait observé les personnes de sa connaissance qui créaient des demeures semblables à des moules de plâtre épousant la forme de leur fortune, avec des humains à l'intérieur. Ces structures tantôt explosaient, tantôt étouffaient tout simplement leurs occupants – mais lui ne pouvait séjourner quelque part sans avoir, tôt ou tard, envie d'aller ailleurs. Le seul endroit réel à ses yeux était son studio new-yorkais, celui qu'il avait eu dès ses débuts. Il en avait fait bâtir un second dans sa maison de campagne, mais il n'arrivait pas à y travailler : c'était comme s'il se retrouvait dans un musée de lui-même. Il avait récemment été obligé de vendre cette résidence, m'a-t-il raconté, ainsi que sa demeure en ville, de sorte qu'il était revenu à son point de départ, ne possédant plus que son premier studio. De la même manière, il n'avait jamais été capable de construire de relations permanentes avec d'autres êtres humains. Il connaissait des tas d'individus dévoreurs de vie, qui amassaient et perdaient, puis amassaient de nouveau et reperdaient si promptement qu'ils ne s'apercevaient probablement jamais que rien de tout cela ne durait ; et il pouvait aussi fournir des exemples en abondance sur la corruption susceptible d'être dissimulée au cœur d'une durabilité de surface. Il avait l'impression non pas d'avoir peut-être raté quelque chose, mais plutôt d'avoir été incapable de voir une autre chose, une chose en rapport avec la réalité et avec une définition de cette réalité en tant que lieu où lui-même n'existait pas, or c'était cela qui l'intéressait.

À la lumière de ces observations, m'a-t-il raconté, il avait été obligé de revenir sur le passé et de repenser à son enfance, bien qu'il ait pris conscience depuis longtemps que les particularités de son existence formaient un véritable fouillis dont il fallait simplement extraire l'essentiel et jeter l'accessoire. Il y avait pourtant là un élément, il en était certain, qui lui avait échappé – un élément en lien avec la mort, laquelle avait été un trait saillant de ses premières années. Dès le début, c'était dans la mort qu'il avait trouvé l'impulsion de vivre : même celle des animaux dans l'abattoir, qui aurait peut-être horrifié un autre enfant, lui avait à maintes reprises procuré une sensation qui s'apparentait à une résonance, à une confirmation de sa propre existence. On pouvait attribuer, supposait-il, son absence d'émotion et d'effroi à l'engourdissement qui survient lorsque l'on est exposé de façon répétée à un phénomène, mais dans ce cas précis il avait éprouvé cet engourdissement presque dès le commencement. Non, cette résonance recelait autre chose, un sentiment d'égalité avec toutes les créatures vivantes, qui était également une capacité à leur survivre. Lui-même ne pouvait être mortellement affecté, du moins en avait-il toujours eu la conviction : il ne pouvait être détruit, quand bien même il était témoin de cette destruction. Il avait considéré sa survie comme une liberté et l'avait emportée dans sa fuite.

Je lui ai raconté que Tony avait lui aussi connu la mort très tôt et qu'il avait réagi à l'inverse, en demeurant dans un lieu qu'il n'avait ensuite jamais quitté. Cet enracinement m'avait quelquefois irritée, car je l'avais d'abord pris pour de la prudence ou du conservatisme, mais il avait assez souvent mis en évidence sa résilience pour que je finisse par le traiter avec respect. J'avais beaucoup de mal à respecter quoi que ce soit, ai-je expliqué, et je me rebellais instinctivement contre ce que l'on me présentait comme immuable ou figé. Durant la période difficile qui avait précédé ma rencontre avec Tony, ai-je dit, on m'avait envoyée voir un psychanalyste qui avait dessiné une carte de mon caractère sur un morceau de papier. Il croyait pouvoir le résumer sur une feuille froissée de format A4 ! C'était sa trouvaille à lui, et j'ai bien vu qu'il en était fier. La carte du psychanalyste comportait un pilier central qui figurait visiblement la réalité objective et autour duquel quantité de flèches partaient dans tous les sens, se rencontrant et se croisant pour former un cercle dont les éléments n'en finissaient pas de se contredire. La moitié de ces flèches obéissaient à une impulsion de révolte, l'autre à une impulsion de soumission, l'idée étant que, dès qu'on me soumettait à une chose, je me révoltais contre elle et, m'étant rebellée, je ressentais alors l'envie impérieuse de me soumettre de nouveau – entraînée par moi seule dans une ronde vaine et sans fin ! Il a cru que son explication relevait du génie pur, mais à cette époque j'étais uniquement possédée par le désir de me faire du mal, désir qui me tenait à la gorge comme un chien. J'ai donc cessé de voir le psychanalyste, car il n'avait à l'évidence pas l'intention de me débarrasser de ce chien. Malgré tout, cela m'a chagrinée de devoir lui donner raison en me rebellant, ou du moins ai-je présumé qu'il aurait la satisfaction de le penser.

Des mois plus tard, j'ai rencontré ce psychanalyste dans la rue, ai-je raconté à L, et il s'est approché ; avec un petit air de reproche, il m'a demandé comment j'allais, et là, en plein jour, je l'ai accusé publiquement. J'ai parlé comme si quelque divinité du langage s'était emparée de moi sur le trottoir – j'ai déclamé, les phrases jaillissant de ma bouche et formant de grandes volutes lourdes de sens. Je lui ai rappelé que moi, mère d'une jeune enfant, j'étais venue le trouver dans un état de détresse, craignant peut-être de mettre fin à mes jours, or il n'avait rien fait, rien fait pour me protéger ou pour la protéger elle, il s'était contenté de griffonner sur une feuille de papier avant de découvrir la prétendue preuve de mon complexe d'autorité – à croire que les souffrances que j'endurais n'en étaient pas la preuve suffisante ! Alors que je continuais sur ma lancée, le psychanalyste a levé les bras, mimant la capitulation : à présent complètement pâle, paraissant soudain frêle et âgé, il a peu à peu reculé sur le trottoir et s'est éloigné de moi, les bras toujours en l'air, jusqu'au moment où, se jugeant assez loin, il a tourné les talons avant de partir en courant. L'image de cet homme en fuite, ai-je dit à L, bras levés en signe de reddition, est restée gravée dans mon esprit comme la représentation de tout ce à quoi je n'avais pas réussi à me résigner. De mon côté, il m'était impossible d'échapper à mon corps. Le psychanalyste, lui, pouvait simplement prendre ses jambes à son cou !

L m'écoutait, ses yeux brillants fixés sur les miens, la main devant la bouche.

« C'est d'une cruauté sans nom », a-t-il dit. Cependant, parce que le bas de son visage était caché, je n'ai pas su s'il souriait ou s'il s'était rembruni, ni si c'était le psychanalyste ou moi qu'il accusait de cruauté.

Nous nous sommes tus un moment, et quand L a rouvert la bouche il a repris le récit de son enfance, si bien qu'on aurait pu croire qu'il écartait poliment mon interruption. À mon avis, ce n'était pas parce qu'il était incapable de s'intéresser aux autres – il m'avait écoutée attentivement, j'en étais sûre. Mais il refusait de se prêter au jeu de l'empathie, qui consiste à s'inciter l'un l'autre à exposer ses blessures respectives. Il avait décidé de m'expliquer qui il était, voilà tout, et ce que je lui offrais en échange était mon affaire. J'ai compris que je n'étais pas la première personne à recevoir cette explication – j'imaginais L donnant un entretien dans une galerie ou sur une scène et relatant dans les grandes lignes la même histoire à son sujet. On ne s'exprime de la sorte que lorsqu'on estime en avoir acquis le droit. Et ce n'était pas mon cas, du moins à ses yeux – ou pas encore !

Il a commencé à me parler de l'époque où son père était tombé malade et, pendant un temps, afin de soulager sa mère, on l'avait envoyé vivre chez une tante et un oncle, un couple sans enfant. Chacun de ces énergumènes frustes et tapageurs se réjouissait quand il arrivait malheur à l'autre, car telle était leur motivation première. L se souvenait d'avoir vu son oncle brailler sa satisfaction en se frottant les mains lorsque sa tante se brûlait contre le four ; elle-même se tordait de rire si son mari se cognait la tête sur le chambranle de la porte et, quand ils se querellaient et se poursuivaient autour de la table de cuisine armés du tisonnier ou d'une poêle, ils étaient capables de se blesser jusqu'au sang, pour leur plus grande joie. L n'était pas certain que le concept de caractère, tel que l'illustraient ces deux individus, existait même encore. Ils s'apparentaient davantage à des animaux, et L se demandait si la notion même de caractère était une qualité animale dont les êtres humains s'étaient distanciés à l'époque moderne. Cet oncle et cette tante ne lui auraient pas fait de mal, mais ils ne se souciaient guère de lui ni ne savaient comment le réconforter alors qu'il traversait une période douloureuse durant la maladie de son père : ils comptaient sur lui pour participer aux durs travaux physiques en sus de ses devoirs scolaires et, d'ailleurs, au bout de quelque temps, ils avaient carrément cessé de l'envoyer à l'école. Il avait peu à peu pris conscience que si son père venait à mourir pendant son séjour chez son oncle et sa tante, ceux-ci se borneraient probablement à accueillir la nouvelle avec un haussement d'épaules et à reprendre le cours de leur vie ; il était même possible qu'ils omettent de lui en parler. Il voulait donc à tout prix rentrer chez lui avant que cet événement ne se produise, tant il était capable de l'imaginer nettement. Il était finalement parvenu à retourner chez ses parents et, à la mort de son père, il avait déjà tout oublié de son oncle et de sa tante, mais ces souvenirs lui étaient revenus en mémoire plus tard – cette période durant laquelle il avait vécu aux côtés de gens pour qui il n'avait pas eu d'importance particulière, ainsi que le besoin urgent qu'il avait éprouvé de retourner dans un endroit où il pourrait jouer le rôle qui lui avait été attribué. C'était là un aperçu de la mort beaucoup plus clair que toutes les visions sanglantes qu'il en avait eu jusqu'alors. Il avait découvert que la réalité se produirait, qu'il puisse assister ou pas à cet événement.

Le soleil s'était maintenant élevé au-dessus de nous et, debout l'un à côté de l'autre, nous contemplions le marais et la beauté de cette journée ; à cet instant – et quoique brièvement –, j'ai goûté à la paix, si rare, de l'existence dans sa totalité.

« J'espère que nous ne vous dérangeons pas, a repris L. Je ne voudrais surtout pas vous gâcher tout ça.

— Je ne vois pas comment vous pourriez gâcher quoi que ce soit », ai-je répondu, de nouveau offensée.

Si seulement il avait pu s'abstenir de dire des choses pareilles !

« J'ai l'impression que la chance m'a lâché, voilà tout, a-t-il précisé. La situation a été terriblement sordide, ces derniers mois. Mais maintenant, je commence à me demander si je m'en soucie, en fin de compte. La roue pourrait tourner de nouveau, mais j'ai la sensation de remonter le temps, non pas d'aller de l'avant. Je me sens plus léger au fil des jours. Ce n'est pas si mal que ça, la dépossession. »

J'ai répondu que c'était une sensation dont seul un homme – de surcroît sans personne à charge – était à même de jouir. Je me suis retenue d'ajouter, Jeffers, qu'elle reposait en outre sur la générosité d'individus tels que moi, déjà fort accablés ! Mais j'aurais tout aussi bien pu m'exprimer à haute voix, car il m'a quand même entendue.

« Ne vous méprenez pas, ma vie n'est qu'une tragédie, a-t-il soufflé d'une voix douce. Finalement, je ne suis qu'un mendiant, et je n'ai jamais été rien d'autre. »

Je ne voyais pas du tout les choses ainsi, et je ne me suis pas privée de le lui dire. Premièrement, ne pas être né dans un corps de femme était un coup de chance : il ne pouvait être conscient de sa propre liberté car il lui était impossible de concevoir qu'elle aurait pu lui être fondamentalement refusée. Mendier était en soi une liberté – cela supposait au moins une égalité avec le fait d'être dans le besoin. Mon expérience de la perte, ai-je continué, avait uniquement servi à me montrer le caractère impitoyable de la nature. Les blessés ne survivent pas dans la nature : une femme ne pourrait jamais s'en remettre au destin et espérer s'en tirer indemne. Il lui faut intriguer pour assurer sa propre survie, et comment peut-elle ensuite être sujette à une révélation ?

« J'ai toujours cru que vous n'aviez pas besoin de révélation, a-t-il murmuré. Je croyais que, d'une manière ou d'une autre, le savoir vous était déjà acquis. »

Il y avait une pointe de sarcasme dans sa voix : en tout cas, je me rappelle très bien qu'il a tenté de tourner en plaisanterie l'idée selon laquelle les femmes posséderaient quelque savoir divin ou éternel, ce qui revenait à dire qu'il lui était inutile de se tracasser pour elles.

Il envisageait de s'essayer à l'art du portrait pendant son séjour ici, a-t-il déclaré. Sa nouvelle situation pécuniaire lui permettait d'une certaine façon de voir les humains plus nettement.

« Je voulais vous demander si, d'après vous, Tony accepterait de poser pour moi », a-t-il ajouté.

Cette annonce était si imprévue et si contraire à ce à quoi je m'étais attendue que j'ai presque eu l'impression d'avoir reçu un coup. Nous étions là, face au paysage même que j'avais regardé au travers de ses yeux et dans lequel j'avais décelé sa main durant toutes ces années, et lui s'en détournait pour me dire qu'il voulait peindre Tony !

« Justine aussi, a-t-il poursuivi, si vous pensez qu'elle se prêtera au jeu.

— Si vous tenez tant à peindre quelqu'un, me suis-je écriée, alors ce devrait être moi, tout de même ! »

Il m'a dévisagée avec une expression légèrement interrogatrice.

« Mais je n'arrive pas vraiment à vous voir.

— Pourquoi ? » ai-je demandé, et je crois que c'était là l'interrogation qui gisait au plus profond de mon âme, la question que j'avais toujours posée et que je continuais de vouloir poser, parce que je n'avais encore jamais obtenu de réponse. Et je n'en ai pas obtenu ce matin-là non plus, Jeffers, car alors la silhouette de Brett s'est avancée vers nous, ce qui a ainsi mis fin à ma conversation avec L. Elle avait dans les bras un ballot, et j'ai vu qu'il s'agissait de tout le linge de lit de la dépendance ; elle a essayé de me le tendre tandis que je me tenais là, en chemise de nuit, dans l'herbe mouillée.

« Figurez-vous que je ne peux pas dormir dans ces draps, a-t-elle dit. Ce tissu m'irrite la peau – ce matin, en me réveillant, j'avais le visage qui ressemblait à un miroir brisé ! Vous n'avez rien de plus doux ? »

Elle s'est approchée davantage, franchissant la ligne qui sépare d'ordinaire deux personnes quand celles-ci ne se connaissent pas intimement. Sa peau paraissait parfaite, même de près, florissante de santé et de jeunesse. Elle a froncé son petit nez et m'a scrutée.

« Vous utilisez vous aussi cette étoffe ? On dirait bien qu'elle a le même effet sur vous. »

Ignorant cette effronterie des plus banales, L a observé le paysage les bras croisés, tandis que j'expliquais que tout notre linge de lit était fabriqué dans ce tissu et qu'il était légèrement rugueux parce que entièrement naturel et sain. Je ne pouvais lui proposer autre chose, ai-je ajouté ; il m'aurait fallu refaire le trajet jusqu'à la ville où nous étions allés les chercher la veille et où il y avait des magasins. Elle m'a suppliée du regard.

« Ce n'est vraiment pas envisageable ? »

Ma foi, j'ai réussi à m'échapper je ne sais comment – Brett avait cette étonnante capacité de me donner l'impression d'être prise au piège, même à l'air libre dans le plus vaste des espaces –, et j'ai couru jusqu'à la maison, où je me suis précipitée sous la douche pour me laver et me relaver, comme dans l'espoir d'avoir complètement disparu une fois ces ablutions terminées. Plus tard, j'ai envoyé Justine et Kurt leur demander une liste des provisions dont ils pourraient avoir besoin et que l'on trouvait dans la petite ville proche de chez nous ; si le sujet des draps a de nouveau été abordé, je n'en ai pour ma part jamais eu vent !

Ce printemps-là, Justine avait vingt et un ans, Jeffers, l'âge auquel on commence à montrer son vrai visage, et à bien des égards elle se révélait très différente de celle que j'avais cru qu'elle était, tout en me rappelant dans le même temps et de façon inattendue d'autres personnes que j'avais connues. Je ne pense pas que les parents comprennent forcément leurs enfants tant que cela. On voit en eux ce qu'ils ne peuvent s'empêcher d'être ou de faire, plutôt que leurs intentions, et cela conduit à toutes sortes de malentendus. Par exemple, de nombreux parents se persuadent que leurs enfants ont du talent, alors que ceux-ci n'entendent nullement être des artistes ! Prédire leur devenir est comme autant de coups portés à l'aveuglette – nous nous prêtons à cette activité, je suppose, pour rendre le processus éducatif plus attrayant et pour passer le temps, de la même façon qu'une bonne histoire permet de se distraire, alors que tout ce qui importe vraiment, c'est qu'ils soient ensuite capables de prendre leur envol pour le vaste monde et d'y rester. Je suis convaincue que les enfants savent cela mieux que personne. La notion de devoir filial ne m'a jamais vraiment intéressée, pas plus que d'obtenir, en tant que mère, des hommages de la part de Justine ; nous nous sommes donc mises d'accord sur ces principes essentiels assez rapidement afin d'établir la base de nos relations. Un jour, je m'en souviens, alors qu'elle avait environ treize ans, elle m'a demandé où s'arrêtaient, selon moi, mes obligations envers elle.

« Je crois que je suis obligée de te laisser voler de tes propres ailes, ai-je répondu après avoir réfléchi, mais, si cela ne marche pas, je serai obligée d'être responsable de toi pour toujours. »

Elle a gardé le silence pendant un moment, puis a hoché la tête avant de dire :

« Ça me va. »

En raison de ce que nous avions traversé ensemble, j'en étais venue à voir Justine comme quelqu'un de vulnérable et de blessé, alors qu'elle est fondamentalement intrépide. Petite, elle avait fait montre de cette qualité, et peut-être serait-il plus juste de dire, Jeffers, qu'on peut considérer son travail en tant que parent comme accompli – sans qu'ait été commis d'erreur ou de méfait désastreux – quand le petit enfant réapparaît dans l'être devenu adulte. J'ai souvent réfléchi à la survie des peintures et à ce que cela signifie pour notre civilisation lorsqu'une image reste intacte par-delà les années, or, à mon avis, la moralité de cette survie – celle de l'image originale – s'applique en partie aux âmes humaines dont nous avons la garde. Pendant une période, j'ai perdu Justine, et je ne saurai jamais précisément ce qui lui est arrivé dans ce laps de temps ; j'ai ensuite toujours été sur le qui-vive, à l'affût de signes indiquant des dégâts susceptibles d'avoir été causés à l'époque. Je lui en ai parlé, à peu près à la même période que notre conversation au sujet des obligations. Je lui ai dit qu'elle avait perdu une année des soins qui lui étaient dus, qu'elle pouvait officiellement me considérer comme redevable et me demander de la rembourser quand elle le voudrait. Je lui ai même écrit une reconnaissance de dette sur un coin de feuille ! Elle s'est alors moquée de moi, mais sans méchanceté ; elle ne m'a jamais rendu ce papier, mais quand Kurt et elle sont revenus de Berlin pour vivre avec nous, l'idée qu'elle voulait peut-être que je m'acquitte de cette dette m'est assurément venue à l'esprit.

Elle était un peu devenue une inconnue durant son séjour à l'étranger, et de même qu'un lieu familier peut paraître plus petit et plus net quand on y retourne après une absence, et que tout changement est d'abord susceptible de nous bouleverser, je l'ai trouvée comme purifiée et, à certains égards, étonnamment transformée. Le changement est aussi une perte, et dans ce sens un parent peut perdre son enfant quotidiennement, jusqu'au moment où l'on s'aperçoit qu'il vaut mieux cesser de prédire ce qu'il va devenir afin de se concentrer sur ce qu'on a sous les yeux. Pendant son éloignement, Justine avait soudain mûri physiquement, et son corps, petit et robuste, avait acquis une densité et une agilité qui évoquaient une acrobate : elle paraissait débordante d'une énergie contenue et pourtant habilement équilibrée, comme si elle allait subitement se mettre à virevolter en bondissant en l'air. Pourtant, de la même façon, quand elle n'avait ni but déterminé ni rien à faire, elle était capable de se montrer d'une affreuse flaccidité, pareille à celle de l'acrobate qui se retrouve, sans savoir comment, coincée au sol. J'avais découvert avec consternation qu'elle s'était coupé les cheveux très court et portait maintenant des robes toutes simples à la coupe carrée et des vêtements ordinaires qui contrastaient vivement avec son exubérance physique ainsi qu'avec la splendeur de la garde-robe de Kurt. Je la soupçonnais de s'être lancée dans le vain gaspillage de sa féminité, et peut-être parce que je craignais secrètement que ce soit en partie ma faute, j'étais tentée d'imputer ce gâchis à Kurt. C'était lui, plutôt qu'elle, qui semblait être l'instigateur de l'image qu'ils renvoyaient, celle d'un couple terne et vieux jeu, et il en tirait plutôt avantage ; de plus, j'étais souvent atterrée par les petites réprimandes et critiques qu'il lui adressait sans élever le ton, tout comme certains parents baissent parfois la voix pour critiquer leurs enfants en présence d'autres personnes, avec l'intention de se faire reluire. Justine le traitait cependant avec servilité et s'affolait tout à fait si les événements prenaient une tournure qui contrariait les besoins et les attentes de son compagnon ; j'étais par conséquent légèrement tendue depuis qu'ils vivaient avec nous dans la grande maison, de peur d'être, par inadvertance, la cause de cette contrariété.

En mon for intérieur, j'interprétais la conduite de Justine comme découlant directement des sentiments qu'elle nourrissait à l'égard de son père, dans l'entourage duquel j'avais moi-même été autrefois nerveuse et servile, et je m'étais surprise à lui substituer Kurt le plus naturellement du monde. Un matin, alors que j'étais assise à côté de Justine qui cherchait quelque chose dans son portefeuille, une petite photographie en est tombée. Je l'ai ramassée : c'était un portrait en gros plan d'elle et de son père, que je n'avais pas vu depuis plusieurs années. La tête de Justine était appuyée contre la sienne, chacun avait un bras passé autour du cou de l'autre, et ils avaient tous deux l'air très heureux ; j'en ai été tellement stupéfaite que je n'ai même pas ressenti d'envie ni d'insécurité, seulement une admiration toute simple !

« Quelle belle photo de ton père et toi », lui ai-je dit, et j'ai sauté au plafond en entendant son rire perçant à mon oreille.

« C'est Kurt ! » s'est-elle exclamée en gloussant, avant de ranger la photo dans son portefeuille.

Plus tard, elle a raconté cet incident à Kurt, et ils ont ri ensemble à l'idée que j'aie pu le prendre pour le père de Justine, même si je me rendais peu à peu compte que cette méprise était profondément enracinée en moi, plus qu'ils ne le soupçonnaient. Par exemple, chaque fois que Tony demandait à Kurt de l'aider dehors, le désir de protester me saisissait aussitôt à la gorge, comme si j'estimais qu'il fallait protéger Kurt de tout désagrément et de tout labeur. À une époque, j'avais éprouvé semblables réticences vis-à-vis du père de Justine, preuve que nous sommes difficilement capables de changer véritablement. Pourtant, Justine ne s'opposait pas à ces requêtes pour la simple raison qu'elles émanaient de Tony, ainsi que je l'ai découvert le jour où j'ai négligemment demandé à Kurt d'aider à débarrasser la table et que Justine m'a gratifiée d'un geste d'humeur et d'un regard furieux. Je suis généralement méfiante quand on dit des gens qu'ils « adorent » d'autres gens, surtout quand on ne leur donne pas le choix s'agissant de ces derniers, mais il m'a toujours semblé que Justine s'était prise d'amitié pour Tony et lui avait d'emblée accordé sa confiance ; et lui, je crois, n'aurait pu l'aimer davantage si elle avait été sa propre fille. La plupart des êtres sont incapables de ce type d'amour désintéressé, mais Tony, qui n'a ni enfant biologique ni parents par le sang, peut aimer qui il veut. Il était en tout cas bien décidé à ce que Kurt lui donne un coup de main et trouve de quoi s'occuper. Quand, mortifiée, je lui ai raconté ma confusion à propos de la photo, il a interrompu sa tâche et, paupières mi-closes, il est resté aussi immobile qu'un alligator pendant une éternité ; j'ai alors saisi que, dès le départ, la similitude de nos choix en matière de compagnon – moi avec le père de Justine, elle avec Kurt – avait paru évidente à Tony.

Le matin qui a suivi l'arrivée de L et de Brett, Jeffers, au cours duquel j'ai discuté avec L près du bateau, a marqué le début d'une période où il a fait exceptionnellement chaud pour la saison. C'était le printemps, d'ordinaire une époque de changements turbulents, lorsque le vent, le soleil et la pluie se relaient sans cesse pour chasser l'hiver et faire germer les nouvelles pousses. Au lieu de quoi nous avons eu droit, jour après jour, à un calme plat et à une chaleur inexplicables ; les premières fleurs sont sorties précipitamment du sol nu et les arbres se sont hâtés de revêtir leur feuillage. En me promenant dans le marais, je remarquais des sentiers asséchés qui en temps normal auraient été bourbeux, des nuées d'insectes bourdonnants de toutes parts, et l'air retentissait et palpitait de chants d'oiseaux perçants comme jamais je n'en avais entendu, à croire que toutes ces créatures surgies des profondeurs de la terre avaient été sommées de participer à un grand et mystérieux rendez-vous qui se déroulait avant l'heure.

Tout était si sec que Tony a commencé à craindre que certains des arbres et des plantes parmi les plus jeunes ne meurent par manque de pluie printanière ; il a donc entrepris d'élaborer un système d'irrigation au moyen de longs tuyaux d'arrosage en caoutchouc qu'il a disposés un peu partout sur notre terrain. Ce dispositif comportait tant de circuits et de raccordements qu'il ressemblait à un énorme réseau veineux, et Tony a dû faire des centaines de petits trous le long de chacun des tuyaux afin que l'eau en ruisselle goutte à goutte. Cette tâche minutieuse et laborieuse l'occupait des heures durant, et je me suis habituée à le voir au loin, tantôt dans un coin de la propriété, tantôt dans un autre, absorbé par son travail. Au bout de quelques jours, il a recruté Kurt comme assistant, et ce sont deux minuscules silhouettes qui sont apparues dans le lointain, courbées, conférant ensemble, le soleil brillant au-dessus de leurs têtes. Quelquefois, je leur apportais de quoi boire, et ils mettaient alors un temps infini à remarquer ma présence, tandis qu'ils élucidaient la mécanique de quelque raccordement complexe ou cherchaient à comprendre pourquoi l'eau ne s'écoulait pas dans tel ou tel affluent. Ils ne pouvaient se permettre d'être négligents ou de travailler à la va-vite : la plus petite erreur entraînerait la panne du système dans son intégralité. Tony, qui avait lui-même planté la plupart de ces arbres, se souciait de chacun d'eux. Qu'il est donc ardu et chronophage, Jeffers, de prendre soin de chaque chose, jusqu'à la dernière, sans jamais fermer les yeux sur le moindre détail ! Je suppose que l'écriture d'un poème obéit à des principes semblables.

Au début, Kurt s'est montré plutôt enclin à effectuer ce travail, mais au bout d'un moment j'ai bien vu qu'il commençait à le trouver ennuyeux. Il s'en remettait à ses bonnes manières et à la discipline modérée que lui avait inculquée son éducation privilégiée pour continuer sur sa lancée, plutôt qu'à la maniaquerie du perfectionniste ou à la ténacité du soldat dévoué. Son caractère – celui d'un chien d'appartement tendrement aimé et bien dressé – avait beaucoup de mal à s'accommoder à la tournure prise par les événements tant il lui était difficile d'y discerner une intrigue dans laquelle il jouait le rôle central, et puisqu'il était de toute manière épuisé en fin de journée, il se repliait dans une espèce de vacuité hébétée, comme si sa suffisance avait été en quelque sorte ébranlée. Cette distance nouvelle entre eux fit naître en Justine le désir d'expérimenter son propre pouvoir, et Brett était toute disposée à lui en fournir l'occasion.

« Brett est quelqu'un de si intéressant », m'a dit Justine un après-midi – elle était allée porter des provisions aux occupants de la dépendance et avait mis un temps anormalement long à revenir. « Tu savais qu'elle avait été danseuse dans le London Ballet pour payer ses études de médecine ? »

J'ignorais totalement que Brett avait fait une école de médecine ou qu'elle avait une formation de danseuse : tout ce que je savais, c'est qu'elle était pour l'heure une gigantesque écharde logée dans ma vie, et je me demandais comment l'en extraire et quand j'y parviendrais.

Au crépuscule, en raison du temps inhabituellement clément, Tony allumait un feu dans le grand brasero à l'extérieur de la maison, afin que nous puissions nous asseoir autour et regarder le soleil se coucher au-dessus de la mer tandis qu'arrivait la fraîcheur de la nuit. J'observais la fumée qui montait en volutes dans le ciel en sachant que L pouvait la voir depuis la dépendance et en espérant que cela l'attirerait jusqu'à nous. Après notre première conversation, je l'avais à peine revu, et étant donné que toute question ou requête de sa part nous parvenait par l'entremise de Brett, il était on ne peut plus clair qu'il se cachait. Soir après soir, Tony allumait un feu de plus en plus grand, comme si, ayant lu dans mes pensées, il voulait m'aider à sommer L de nous rejoindre. Le quatrième ou le cinquième soir, alors que l'obscurité s'apprêtait à tomber, je les ai enfin vus qui se faufilaient tous deux entre les ombres des arbres pour se diriger vers nous. Nous nous sommes levés d'un bond pour les accueillir et leur faire une place autour du brasero. Je ne me souviens pas des propos que nous avons tenus, simplement que j'étais consciente des yeux de L, pareils à des lampes, de plus en plus brillants et pénétrants à mesure que le crépuscule descendait, comme ceux d'un animal nocturne – et je me rappelle également qu'il avait pris grand soin de s'asseoir le plus loin possible de moi.

Nous avons servi un cocktail que nous avions apporté dans une sorte de grande carafe, mais L n'en a pas bu : il a accepté un verre afin de ne pas attirer l'attention sur lui, je suppose, et j'ai découvert par la suite qu'il n'y avait pas touché. Tout le temps que je l'ai côtoyé, il n'a jamais bu d'alcool, du moins à ma connaissance. Nous aimons bien prendre un verre en fin de journée, Jeffers, avant d'aller nous coucher ensommeillés et pas trop tard, avec les oiseaux – cela convient semble-t-il à notre mode de vie dans cet endroit. La vigilance de L dans l'obscurité était donc troublante. J'étais néanmoins heureuse d'être en sa présence ou, plus précisément, il était agréable de ne plus avoir à s'interroger, durant une heure ou deux, sur la signification de son absence. Pourtant, après cette première fois, il n'est pas revenu. Il restait chez lui, pendant que Brett, trébuchant et nous appelant depuis le bosquet, venait tous les soirs s'asseoir dans notre cercle, généralement à côté de Justine. Après sa journée passée à installer les tuyaux d'arrosage, Kurt, somnolent, dodelinait de la tête devant le brasero avant d'avoir bu ne serait-ce que la moitié de son premier cocktail : nous le réveillions pour le dîner, mais, la plupart du temps, il était au lit à vingt et une heures. Justine restait alors désœuvrée, et Brett s'empressait de remédier à cela. Ainsi, le feu au moyen duquel j'avais espéré faire advenir ce que je désirais avait fini par provoquer cela même dont je ne voulais pas : la compagnie plus fréquente encore de Brett !

Depuis l'incident avec les draps, je la traitais avec une méfiance cordiale chaque fois que nous nous croisions par hasard mais, comme elle passait à présent plus de temps dans notre maison, j'ai saisi qu'il me faudrait trouver un moyen d'établir avec elle une relation plus adéquate. Un après-midi, en passant devant la porte fermée de la chambre de Justine, je les ai entendues toutes deux rire et bavarder. Quand plus tard j'ai revu Justine, ses cheveux courts étaient coiffés dans un style différent – et beaucoup plus flatteur –, et autour de sa tête était noué un foulard d'une couleur vive qui encadrait remarquablement bien son joli visage.

« Brett m'a persuadée de me laisser pousser les cheveux », a-t-elle dit, un peu penaude, car cela faisait des semaines que je glissais des allusions à ce sujet.

Un conseil qu'elle a effectivement suivi, Jeffers, tout au long du printemps et de l'été, et, l'automne venu, ses belles boucles sombres lui arriveraient presque aux épaules, même si Kurt ne serait alors plus là pour les voir.

Brett et elle sont bientôt devenues inséparables et, puisqu'elles n'avaient pas une si grande différence d'âge, il était naturel qu'elles se lient d'amitié en dépit de leurs caractères très dissemblables, songeais-je un peu à contrecœur. Brett était en réalité beaucoup plus âgée, ainsi que je l'ai découvert plus tard, ce qui explique peut-être pourquoi Justine est tombée sous son influence, plutôt que l'inverse

– avec succès, dois-je admettre, en ce qui concernait son apparence.

« Qu'est-ce que c'est que ce machin ? » disait Brett, ainsi que je n'osais moi-même le faire, quand elle découvrait Justine dans l'une des robes sac qu'elle avait pris l'habitude de porter. « Ça sort de l'armoire de la mère Hubbard ? »

Une « mère Hubbard » était un genre de robe ample qui, à l'époque victorienne, couvrait certaines dames des pieds à la tête, leur évitant ainsi de mettre un corset – la comparaison de Brett était exagérée, mais pas loin de la vérité ! Brett, quant à elle, exhibait évidemment sa ravissante silhouette dès qu'elle en avait l'occasion. À mon avis, si Justine se dissimulait de la sorte et se vouait au culte de la sobriété et du confort, c'était à cause de la honte et de l'aversion qu'elle ressentait vis-à-vis d'elle-même ; et si je voyais les choses ainsi, c'était parce que j'avais moi-même toujours éprouvé ces sentiments. Au fond de moi, je craignais de ne pas avoir su transmettre à Justine, en ce qui concernait sa féminité, une idée vitale, ou pire encore, de lui avoir fait subir, par inadvertance, exactement ce qu'on m'avait fait subir. J'avais grandi dégoûtée par mon moi physique, en considérant ma nature féminine à la manière d'un dispositif – tel que le corset – permettant de cacher aux regards toutes les réalités répugnantes : il ne m'était pas possible d'accepter ce qui en moi était laid, pas plus que d'accepter toute autre forme de laideur. Par conséquent, une femme comme Brett me troublait profondément, non seulement parce qu'elle trouvait du plaisir à s'exposer ainsi, mais aussi parce que je pressentais qu'elle était de ce fait capable – sans malveillance particulière – d'exposer les autres. Ainsi, quand un jour dans la cuisine elle s'est glissée derrière Justine à pas de loup et, en riant, s'est emparée du bas de sa robe sac et la lui a ôtée en la faisant vivement passer au-dessus de sa tête, révélant ainsi le jeune corps de ma fille en sous-vêtements, là, dans la cuisine, à la vue de tous, je n'étais que trop contente de pouvoir enfin démasquer Brett.

« Comment osez-vous ? » me suis-je écriée – et c'était ce que j'avais eu envie de lui dire depuis le jour où nous nous étions rencontrées. « Pour qui vous prenez-vous ? »

Justine émettait des petits cris perçants et étouffés qui, je l'ai bientôt compris, signifiaient qu'elle riait, mais j'étais malgré tout furieuse et bouleversée, comme si c'était ma propre chair que Brett avait si impitoyablement dévoilée.

« Je suis désolée », a dit Brett, approchant son joli visage plein de remords trop près du mien et plaçant une main conciliante sur mon bras. « C'était trop exubérant ?

— Nous ne sommes pas tous des exhibitionnistes, dans cette maison », ai-je répondu méchamment.

Justine en revanche n'en a absolument pas voulu à Brett après cet incident, et elle a même accepté d'être surnommée, à l'occasion, « mère Hubbard », ce qui me faisait rager intérieurement, jusqu'au jour où je me suis aperçue que les robes sac avaient disparu et que ma fille connaissait une transformation. Un après-midi, je suis sortie de la maison et, sous un soleil éclatant, j'ai vu deux silhouettes assises dans l'herbe et, l'espace d'un instant, il m'a semblé ne reconnaître ni l'une ni l'autre de ces jeunes femmes fraîches et rieuses, bras et jambes dénudés au soleil, telle une paire de nymphes qui, à l'aube du monde, se seraient posées sur notre pelouse !

« Brett veut m'apprendre à faire du bateau, a déclaré

Justine peu de temps après. Tu crois que Tony accepterait de nous prêter le sien ?

— Tu ferais mieux de le lui demander toi-même, ai-je dit. Tu es sûre qu'elle sait vraiment s'y prendre ? Ici, ce n'est pas comme faire du canot à moteur sur la Méditerranée. Je pense que Tony s'inquiéterait.

— Elle a traversé l'Atlantique en solitaire ! s'est exclamée Justine quand j'ai émis ces objections. À New York, il y a même eu une exposition des photos qu'elle a prises pendant son voyage ! »

Autant dire que j'ai eu très envie de dévoiler sur-le-champ la vraie nature de fabulatrice de Brett et d'ainsi forcer Justine à admettre le caractère excentrique de ses affirmations sur ses occupations passées, mais il m'a paru assez raisonnable d'espérer que la lumière se ferait naturellement sur ces inventions. Laissant à Tony le soin de diriger sur Brett cet implacable flambeau, je me suis sentie secrètement coupable d'avoir permis à Justine de s'attacher à une menteuse qui exagérait sa propre importance, et j'ai également éprouvé du dépit en me rappelant que c'était L qui l'avait amenée parmi nous sans qu'elle ait été invitée.

« Elle en est capable », m'a annoncé Tony, à ma grande surprise, après que je l'avais obligé à aller parler à Brett au sujet du bateau. « Elle a le permis. Elle me l'a montré. »

C'était un titre international, Jeffers, qui autorisait apparemment son détenteur à gouverner de grands voiliers sur n'importe quelle mer du globe. Notre vieux canot en bois comptait à peine ! Justine avait toujours aimé sortir en mer sur ce bateau avec Tony, même si, chaque fois qu'il avait tenté de lui apprendre à le manœuvrer, elle s'était rebiffée. Je crois pouvoir affirmer sans me tromper qu'elle n'était pas certaine que les adultes de son entourage soient capables de lui enseigner quoi que ce soit, pas même Tony. Mais elle ne voyait pas non plus à quoi cela lui aurait servi, avait-elle dit, puisqu'il était fort peu probable qu'elle possède un jour un bateau, et Kurt avait semble-t-il conforté ce point de vue, faisant passer sa peur pour du bon sens, voire du dédain. Je le voyais presque en train de s'imaginer que, si Justine apprenait à faire du bateau, elle s'embarquerait peut-être un jour et voguerait loin de lui ! À cet égard et à bien d'autres, Kurt et elle avaient visiblement tourné le dos au danger et à l'aventure. Mais je la voyais à présent se rebeller peu à peu contre ces prescriptions, alors même qu'en mon for intérieur je m'étais résignée à m'y conformer et à accepter le futur dans lequel celles-ci la confineraient assurément.

Ce que j'essaie de dire, Jeffers, c'est qu'en observant comment Justine se séparait peu à peu de Kurt et remettait en question le contrôle qu'il exerçait sur elle, je l'observais, d'une manière des plus étranges, qui me devançait, comme si nous participions toutes deux à une course, chacune à un moment différent mais parcourant la même piste, et que là où j'avais fait des chutes catastrophiques elle bondissait avec une adresse et une vigueur supérieures et poursuivait sur son élan. La ressemblance que je voyais entre Kurt et le père de ma fille était un produit saisissant de mon inconscient, parce que le second m'effrayait et que je le voyais par conséquent comme une entité menaçante et imposante, tandis que je dédaignais Kurt, à mes yeux collant et faible. Mais Kurt n'était pas faible : les hommes ne le sont jamais. Certains d'entre eux reconnaissent leur force et s'en servent de manière profitable, d'autres sont capables de rendre apparemment séduisante leur volonté de puissance, d'autres encore ont recours à la tromperie et à l'intrigue pour gérer un égoïsme dont ils ont eux-mêmes relativement peur. Autrement dit, si Kurt était faible, le père de Justine l'avait été lui aussi, et c'était ce que m'avait dévoilé l'incident de la photographie. Pour une grande part, le pouvoir réside dans la capacité à voir si les autres sont désireux de vous le donner. Ce que j'avais pris, chez Kurt, pour de la faiblesse, était la même force qui avait dévasté ma vie tant d'années auparavant, et que même à présent je n'avais reconnue que par erreur.

Les premières semaines du séjour de L, pendant que Tony installait le système d'irrigation, que Brett s'immisçait dans nos vies et que la chaleur, d'une certaine façon, nous tenait sous son emprise, ont été une sorte d'entracte ou d'intervalle, et les changements qui se produisaient étaient comparables aux changements de costumes et de décors qui se déroulent dans les coulisses. Or je me trouvais là, seule spectatrice dans les fauteuils d'orchestre : j'avais presque l'impression d'assister à tous ces événements à travers le mauvais bout de la lorgnette et de voir les choses depuis une plus grande distance qu'à l'ordinaire, peut-être parce que personne ne concentrait particulièrement son attention sur moi. Ce genre de périodes fait parfois l'effet de présage de mort, et puis on se rappelle que c'est la présence du public qui permet en définitive au spectacle d'être monté. Mais j'avais conscience du siège vide près du mien, que L aurait dû occuper : j'avais le sentiment que nous aurions pu assister à cette représentation et la comprendre ensemble. Je contenais ma déception et mon chagrin dans l'espoir que, bientôt, il se dévoilerait sans doute.

Tony était tellement accaparé par ses tuyaux qu'il n'avait

pas le temps de repiquer les semis du printemps dans le potager ; il a donc fallu que je propose de m'en charger, quoique je n'aime guère ce type de travaux. Ce n'est pas par paresse, mais plutôt parce que j'estime que ma vie a déjà comporté trop de tâches pratiques, de sorte que, si j'en ajoute ne serait-ce qu'une seule à cette somme, la balance penchera d'un côté, et je serai alors contrainte de reconnaître que je n'ai pas réussi à mener l'existence dont j'ai toujours rêvé. Il faut trouver quelque chose à placer sur l'autre plateau de cette balance, tout le problème est là : j'étais parfaitement capable, ainsi que je l'ai déjà dit, de passer mon temps libre à simplement demeurer assise en regardant droit devant moi. Et pourtant, dès l'instant où l'on me demandait de faire quoi que ce soit, je me sentais immédiatement oppressée ! Tony me comprenait entièrement sur ce point et ne s'attendait presque jamais à ce que je remue le petit doigt ; seul l'irritait le fait que je ne puisse davantage assouvir ce besoin d'inactivité dans mon sommeil et dans des moments de passivité mentale. Le matin, dès le saut du lit, je m'activais à toute allure çà et là, débordante d'énergie et de volonté, tout à fait en mesure de bâtir Rome en un jour, à ceci près que cette autre partie de moi m'en empêchait. Tony dormait profondément, longtemps, puis, tout au long de la journée, il gardait la balance de ses plaisirs et de ses devoirs en équilibre parfait, ne déstabilisant jamais telle ou telle partie de lui. Je l'observais fascinée, Jeffers, et tentais de prendre exemple. Tandis qu'il préparait son petit déjeuner et le mangeait avec une lenteur insoutenable, j'engloutissais le mien comme un animal, le terminant avant même d'avoir apaisé ma faim. Il se donnait un mal fou pour réaliser certaines tâches qui me remplissaient d'impatience – il a par exemple décidé de réparer la vieille radio cassée que j'avais voulu jeter, même si nous l'avions déjà remplacée par une neuve. Il y a passé un temps infini, et pendant un moment toutes les pièces de l'appareil ont jonché la table de la cuisine ; nous avons commencé à nous quereller à ce sujet, puis tout a disparu. Quelques jours plus tard, je suis allée lui dire quelque chose alors qu'il travaillait dans le champ et, en approchant, j'ai nettement entendu une aria d'*Alcina* de Haendel résonner et couvrir le bruit du moteur de son tracteur. Il y avait installé la radio afin de pouvoir écouter de la musique tout en roulant d'un bout à l'autre du terrain !

Tony était convaincu que j'avais déjà fourni plus que ma part de travail et que désormais, dans ma vie auprès de lui, prendre du bon temps était la seule chose qui pouvait être exigée de moi, mais il n'avait pas compté avec ma difficulté à trouver du plaisir et de la joie dans quoi que ce soit, car j'étais de celles qui n'en avaient jamais fait grand cas. Selon lui, j'aurais dû être très fière des épreuves auxquelles j'avais survécu et de ce que j'avais accompli, et il voulait que je me pavane à la manière d'une reine des abeilles, mais entretemps j'en étais venue à voir le monde comme un endroit beaucoup trop dangereux, où je ne pouvais me laisser aller à me congratuler. À dire vrai, j'avais toujours considéré qu'une certaine quantité de plaisir était tenue en réserve à mon intention, semblable à une somme que j'aurais amassée sur un compte en banque, et qu'au moment d'aller la réclamer j'avais découvert que cette réserve était épuisée. C'était en définitive une entité périssable, dont j'aurais dû profiter un peu plus tôt.

Ce que je voulais à présent, c'était une tâche ou une distraction qui ait un sens, mais impossible d'en trouver un au repiquage de ces semis, et ce n'était pas faute d'essayer ! J'ai toutefois enfilé mes vieilles bottes, déniché le déplantoir et le râteau, et avec force soupirs j'ai gagné les plates-bandes du potager. Alors même que je déchargeais les bacs de petites pousses vertes de la brouette, devine qui est apparu près de moi : Brett en personne, toute pimpante et ravissante dans une robe jaune primevère, chaussée de sandales qui offraient un contraste absolu avec mes bottes crottées d'ogresse.

« Besoin d'un coup de main ? a-t-elle joyeusement proposé. Comme L est d'une humeur massacrante ce matin, je me suis dit qu'il valait mieux que je débarrasse le plancher. »

Eh bien, Jeffers, la présence de Brett m'avait tant irritée et j'avais tant eu l'impression que celle-ci m'avait été imposée, que j'admets ne pas avoir pensé un seul instant à ce qu'elle pouvait ressentir, ainsi clouée dans ce lieu isolé avec des inconnus, obligée de partager un espace restreint avec un homme qui, réputé pour son intransigeance, entretenait avec elle une relation ambiguë. Je ne suis pas femme à comprendre ou à plaindre intuitivement les autres femmes, probablement parce que je ne me comprends pas vraiment moi-même ni ne me plains tant que cela. Il m'avait semblé que Brett avait tout pour elle, mais à cet instant j'ai soudain vu qu'elle était complètement démunie, et que ses manières envahissantes et désinhibées étaient simplement un moyen de survie. Plutôt que de posséder un support qui lui soit entièrement propre, elle était pareille à l'une de ces plantes grimpantes contraintes de croître sur des objets qui les retiennent.

« C'est gentil à vous, ai-je dit. Mais je ne voudrais pas que vous salissiez votre jolie robe.

— Oh, ne vous en faites pas pour ça. Parfois, ça fait du bien de se salir. »

Elle a ramassé le déplantoir et s'est accroupie près des bacs de semis.

« Si on creuse une petite tranchée, ça sera plus facile », a-t-elle déclaré.

Assez contente qu'elle prenne les choses en main, je me suis assise sur mes talons pendant qu'elle traçait avec soin et adresse un sillon peu profond le long de la plate-bande. Je lui ai demandé si L était souvent de mauvaise humeur et, interrompant sa tâche, elle a rejeté la tête en arrière de façon théâtrale et éclaté de rire.

« Vous savez ce qu'il dit ? Qu'il est sur le retour d'âge.

— Le retour d'âge ? Comme une femme ?

— C'est ce qu'il affirme. Même si je crois bien que les femmes n'emploient plus cette expression. »

J'ai trouvé cette idée extrêmement intéressante, Jeffers, même si Brett s'en amusait : il me semblait que cela pouvait tout aussi bien arriver à un artiste, lorsque les sources de sa puissance créatrice se tarissaient ou se modifiaient. Oh, nous concevons un tel sentiment amer de libération quand cesse l'asservissement au sang et au destin ! Être menée par ses pulsions, puis écartée par celles-ci : pourquoi un artiste n'éprouverait-il pas cela davantage que quiconque ?

« Si vous voulez mon avis, a repris Brett, c'est tout le reste qui change autour de lui, mais pas lui. Il préférait le monde d'avant. Il boude, voilà tout. Il veut récupérer tout ce qu'il feignait de considérer comme acquis. »

Le marché de l'art s'était complètement effondré, a-t-elle poursuivi, après des années de folle surévaluation, si bien que beaucoup de gens étaient dans la même galère que L

– et certains dans une situation bien pire, car ils n'avaient pas son pedigree. Mais il y en avait d'autres – peu nombreux – dont la réputation et la fortune avaient survécu, intactes.

« Il se trouve que certains parmi eux sont plus jeunes que lui, a-t-elle précisé, et d'une couleur de peau différente, et deux ou trois sont des femmes, ce qui fait qu'il a de plus en plus l'impression que le monde entier s'acharne contre lui. Le problème, c'est qu'il se sent impuissant.

— Mais ce n'est pas n'importe qui », ai-je dit.

Brett a esquissé un haussement d'épaules.

« Je crois qu'il s'était habitué à la perspective d'une longue et luxueuse retraite en tant qu'artiste de renom. Il a de nombreux amis fortunés, a-t-elle ajouté à voix basse. Ça lui aurait pris toute une année pour rendre visite à chacun et, une fois cette année écoulée, il aurait été tout disposé à retourner voir le premier et ainsi de suite. La plupart ont beaucoup investi dans son œuvre et, s'il passait les voir maintenant, il les trouverait tous en train de fixer des murs qui ont soudain perdu quatre-vingt-dix pour cent de leur valeur. J'ai dans l'idée, a-t-elle continué en soulevant lestement des semis de leur bac pour les placer en rang dans la tranchée, que c'est peut-être ce qui pouvait lui arriver de mieux. Être dépouillé et connaître de nouveau le dénuement. Il est trop jeune pour tuer le temps à boire des martinis au bord d'une piscine qui ne lui appartient pas. »

J'ai voulu savoir quel âge elle avait.

« Trente-deux ans, a-t-elle répondu avec un grand sourire. Mais jurez-moi de ne le dire à personne. »

Elle m'a expliqué qu'elle avait connu L par l'intermédiaire d'un riche cousin à elle, celui-là même avec lequel ils avaient voyagé pour venir ici.

« C'est vraiment un sale type. Quand j'étais petite, il m'enfermait dans un placard pendant les réunions de famille et il passait la main sous ma robe. Aujourd'hui, il ressemble à un monstre marin. Mais il est devenu collectionneur, comme tous les autres. Ils ont si peu d'imagination qu'ils ne savent pas quoi faire de leur argent. Ils sont fermement déterminés à prouver que ce qui ne peut pas s'acheter peut en réalité l'être, c'est drôle, pas vrai ? En fait, c'est chez lui que j'ai rencontré L et, plus tard, je l'ai convaincu d'acquérir tout un lot d'esquisses qui traînait dans le studio de L. Vu qu'il ne connaît rien à l'art, il n'a pas hésité à payer beaucoup trop cher et, par-dessus le marché, à nous emmener jusqu'ici dans son avion. L n'a pas d'autre argent pour l'instant.

— Et vous ? ai-je demandé, plutôt atterrée d'apprendre tout cela.

— Oh, j'en ai toujours eu. J'en ai perdu pas mal, évidemment, mais il m'en reste assez. Ça a toujours été mon problème. Aucune motivation », a-t-elle dit avec une grimace, tout en traçant, du bout des doigts, des guillemets invisibles autour de ces derniers mots. « Si j'ai été attirée par L, c'est parce qu'il avait l'air tellement amer, furieux et rebelle, et je ne croise presque jamais de gens comme lui dans le monde où j'évolue. Je ne me suis pas interrogée sur ce qu'il faisait lui-même dans ce monde-là ! »

Puis Brett m'a dit qu'elle aimait beaucoup Justine.

« Elle est d'une telle sincérité, a-t-elle précisé. C'est vous qui l'avez faite ainsi ? »

Je l'ignorais, ai-je répondu. J'avais assurément toujours été sincère *avec* elle, mais ce n'était pas tout à fait pareil.

« On se lasse parfois d'un excès de sincérité, ai-je dit. Cela pousse de nouveau à la dissimulation.

— Ça, c'est certain ! Je n'avais que onze ans quand j'en ai eu vraiment assez qu'on me montre des choses qui, prétendait-on, n'étaient pas de mon âge, et j'ai alors décidé de devenir religieuse ! Je passais mon temps à décider d'être ceci ou cela – je crois que c'était dans l'espoir de trouver une activité qui soit au-delà de mes compétences. »

Elle a voulu savoir comment j'avais rencontré Tony et pourquoi j'étais venue vivre dans ce coin perdu ; je le lui ai raconté, en expliquant aussi que tout était arrivé entièrement par hasard. Il était étrange, ai-je dit, de vivre une vie qui n'avait absolument aucun rapport avec ce qu'on avait pu être ou faire auparavant. Aucun fil ne m'avait menée jusqu'à Tony, aucun chemin ne reliait cet endroit à celui où j'avais vécu autrefois, et ce que je savais de ce lieu et de Tony venait donc d'une tout autre source. Non loin d'ici, ai-je continué, il y a une sorte d'archipel où la mer a creusé d'importantes crevasses dans le sol, et sur les rives opposées de l'une de ces étendues d'eau très longues et étroites deux villages se font face. Il faudrait littéralement des heures pour se rendre de l'un à l'autre par la route, parcourir des kilomètres et des kilomètres à l'intérieur des terres avant de faire le même trajet sur l'autre berge ; et pourtant les habitants de part et d'autre se voient si nettement, jusqu'aux vêtements séchant sur leurs cordes à linge respectives ! Il y avait dans cette séparation, ai-je dit, causée non par la distance mais par l'inaccessibilité, quelque chose qui illustrait ma propre situation : je connaissais mieux le lieu que j'observais que celui où je me tenais physiquement, et par conséquent je savais exactement ce qu'on devait ressentir en se trouvant là-bas et en regardant par ici. Je n'étais en revanche pas tout à fait certaine de savoir à quoi « ici » ressemblait. Mais je savais que j'avais de la chance d'avoir rencontré Tony.

« C'est effrayant de s'en remettre à la chance pour vivre », dit Brett avec un brin de mélancolie.

Puis elle m'a demandé, de but en blanc, si je pensais être amoureuse de L !

« Non », ai-je répondu – alors qu'en vérité, Jeffers, j'avais commencé à me poser la même question. « J'ai simplement envie de le connaître.

— Ah, a-t-elle fait. Je m'interrogeais, justement.

— Et *vous*, êtes-vous amoureuse de lui ?

— Je suis juste une copine », a-t-elle déclaré, frottant ses mains couvertes de terre et replaçant les bacs vides dans la brouette. « Pendant un temps, il a vraiment été fou de moi. Il devait s'imaginer que je réglerais ses problèmes sexuels, mais j'en suis incapable. De ce côté, c'est terminé pour lui. Alors je l'ai convaincu de m'apprendre à peindre. D'après lui, j'ai un certain talent. Je crois que ça sera ma prochaine carrière ! »

Quand Tony m'a annoncé qu'il allait poser pour L, j'ai été stupéfaite. Par une belle et fraîche matinée, il est parti pour la dépendance, d'où il est revenu plusieurs heures plus tard.

« Je me demande pourquoi cet homme ne se suicide tout simplement pas », a-t-il dit.

Il a accepté de faire deux autres séances de pose, à la suite de quoi il a eu trop de travail. Depuis que de larges bancs de maquereaux avaient soudain gagné nos eaux, Tony et ses compagnons sortaient en mer tous les jours, puis allaient vendre leur pêche. Cela voulait dire que nous avions du maquereau frais au dîner, également que Tony s'absentait de l'aube au crépuscule.

Un colis est arrivé pour L, un gros carton tout abîmé, couvert de timbres étrangers et, puisque Brett et Justine avaient pris le camion pour se rendre en ville, je le lui ai apporté. Je n'avais pas remis les pieds là-bas ni revu L seul depuis le premier matin, quand nous avions parlé près de la proue du bateau. J'ai du mal à exprimer exactement ce que je ressentais, Jeffers, sauf qu'il y avait au creux de moi une sorte de déception hébétée à laquelle je ne trouvais pas de motif légitime. Peut-être était-ce simplement parce que nous étions pénétrés de la présence de L et de Brett sans avoir l'impression d'en tirer un bénéfice, alors qu'ils étaient là depuis trois semaines environ. Tandis que Brett voguait allègrement à la surface, L avait coulé en eau profonde, comme une pierre. Je n'aurais su dire au juste ce qui clochait ni expliquer ma déception et les attentes qui l'avaient suscitée – nous étions habitués au fait que de telles visites prennent nombre de formes imprévisibles –, et une seule idée me venait à l'esprit : sans que je sache comment, on en revenait à la question de la gratitude, qui s'était présentée dès le début, au cours de ma première conversation avec L. Je n'étais jamais tombée, je suppose, sur un cas aussi flagrant d'ingratitude et, ce qui me marquait, c'est qu'il m'avait témoigné sa gratitude dès les premiers mots qu'il m'avait adressés et que j'avais repoussé son offre.

Il n'a pas été facile de gravir la pente qui traverse le bosquet avec le colis fort lourd et encombrant. Comme la porte de la dépendance était ouverte au soleil, je me suis arrêtée sur le seuil, j'ai posé la boîte juste à l'entrée de la maison et repris mon souffle. Depuis ce poste d'observation, j'avais vue sur les fenêtres de la salle principale, et je n'ai pu m'empêcher de m'écrier :

« Mes rideaux ! »

Ils avaient disparu – il ne restait plus que les tringles ! Au son de ma voix, L, que je n'avais pas même remarqué, assis dos à moi dans un coin à l'autre bout de la pièce, s'est retourné. Courbé sur un tabouret en bois, il portait un grand tablier maculé de peinture et, devant lui, une toile était posée sur un chevalet. Il n'avait ni pinceau ni autre ustensile à la main : avant mon arrivée, me semblait-il, il s'était contenté de la fixer du regard.

« Nous les avons enlevés, a-t-il répondu. Ils nous gênaient. Ils ne sont pas abîmés du tout », a-t-il ajouté ; puis il a murmuré quelques mots – *mes rideaux*, ai-je cru entendre – sur un ton moqueur et désagréable.

Sur la toile placée devant lui s'étalait un fond indistinct, terne, ainsi que des formes escarpées et fantomatiques qui cascadaient en direction de son centre. L'ensemble était à peine visible, comme s'il commençait tout juste à émerger, si bien qu'on ne distinguait pas grand-chose, à ceci près que les masses montagneuses n'avaient aucun rapport avec ce que l'on voyait par les fenêtres dépouillées de leurs rideaux.

« C'est arrivé pour vous », ai-je dit en indiquant le colis.

À sa vue, son visage s'est illuminé, et une lueur a éclairé ses yeux.

« Merci, a-t-il dit. Ça a dû être lourd à porter jusqu'ici.

— Je ne suis pas une mauviette.

— Mais vous êtes très menue. Vous auriez pu vous faire mal au dos. »

Sans doute était-ce à cause de sa voix basse et indistincte, ou bien de ma difficulté à accepter tout commentaire sur ma personne, mais dès l'instant où il a fait cette remarque à propos de mon physique, je n'ai plus été certaine qu'il l'ait émise – et à ce jour je ne le suis toujours pas ! Cela lui ressemblait, Jeffers, cette façon qu'il avait de brouiller le point de jonction entre l'ici et le maintenant – or je ne peux les désigner autrement. Les choses devenaient informes, impalpables, presque abstraites, alors qu'en temps normal elles seraient nettement ressorties. Quand je me trouvais avec lui à un moment et dans un lieu précis, j'éprouvais tout le contraire de ce que je ressentais en présence des autres : c'était comme si tout était déjà arrivé, ou alors arriverait plus tard.

« Il fallait bien que quelqu'un l'apporte, ai-je dit.

— Je suis navré. Cela vous a causé du dérangement. »

Face à face, nous nous sommes dévisagés, et s'il y a bien une chose que Tony m'a enseignée, c'est l'endurance que requiert une lutte de ce type. Mais pour finir, toute disposée à m'avouer vaincue, j'ai commencé à dire que j'allais repartir chez moi, quand à la même seconde il a proposé :

« Vous ne voulez pas vous asseoir ? »

Il m'a indiqué un tabouret près du sien, mais j'ai préféré me jucher sur la vieille chaise à barrettes près de l'âtre vide, un siège que je garde depuis mes années de jeunesse et que j'avais choisi de mettre ici, dans la dépendance, pour des raisons que j'ai oubliées. Cette chaise m'avait peut-être trop rappelé ma vie d'avant Tony et par conséquent ne m'avait pas semblé à sa place chez nous : quoi qu'il en soit, cela me réconfortait de la retrouver ce jour-là et de me souvenir que son existence précédait tout ce qui se produisait à présent et qu'elle continuerait d'exister dans le futur.

« Nous la surnommons la chaise électrique, a dit L. Elle y ressemble étrangement par sa forme.

— Je la ferai enlever si vous voulez, ai-je froidement répondu.

— Ne soyez pas bête. Je vous taquinais. »

Impassible, j'ai attentivement examiné L pour la première fois. Comment te le décrire, Jeffers ? Il est si difficile de dire de quoi les gens ont l'air quand on en est venu à les connaître – il est beaucoup plus facile d'expliquer ce qu'on ressent auprès d'eux ! Lorsque le vent d'est souffle sur le marais, tout paraît devenir froid et contraire, même par temps très chaud – eh bien, L était une sorte de vent d'est, et comme lui il choisissait un endroit et s'y fixait pour y souffler. Il y avait aussi le fait que la question du masculin et du féminin, en sa présence, paraissait pour ainsi dire théorique, sans doute parce qu'il affichait si ostensiblement son mépris des conventions. Autrement dit, il ébranlait les idées machinales qu'on peut avoir sur la nature des hommes et des femmes.

Il était de très petite taille, bien tourné et nullement imposant sur le plan physique, et pourtant on avait constamment l'impression qu'il était sur le point de se livrer subitement à un acte violent – le sentiment qu'il refrénait sans cesse ses impulsions. Ses mouvements étaient prudents, comme s'il avait été blessé par le passé, mais je crois en fait que cela s'expliquait simplement par la façon dont il avait pris de l'âge, peut-être parce qu'il s'était figuré qu'il serait éternellement jeune. Et il avait une allure encore juvénile, c'est vrai, en partie à cause de ses traits si délicatement dessinés, notamment ses sourcils sombres qui s'arquaient nettement au-dessus de ses yeux grands ouverts, remplis de la lumière que j'ai déjà décrite. Son nez était petit et aristocratique : c'était le nez d'un snob. Il avait une bouche tout à fait douce et petite, aux lèvres charnues. Il y avait dans son apparence quelque chose de méditerranéen – une caractéristique qui se retrouve dans un dessin aux traits précis, ainsi que je l'ai déjà dit. Il était toujours très propre et soigné de sa personne, loin de l'image que l'on se fait d'un artiste. En revanche son tablier de peinture était un vêtement extrêmement macabre, couvert de matière coagulée, comme la blouse d'un boucher. J'ai remarqué pour la première fois que les doigts de sa main gauche étaient légèrement déformés – tordus et aplatis à leur extrémité.

« Un accident quand j'étais enfant », a-t-il dit, voyant que je les observais.

Oui, c'était un homme séduisant, quoique à certains égards indéchiffrable : il dégageait une vague neutralité physique, ce dont je faisais une affaire personnelle, car je l'interprétais comme un refus de sa part de me considérer en tant que vraie femme. Ainsi que je l'ai déjà fait remarquer, il me donnait la vive impression d'être sans attrait, et je reconnais que je m'étais vêtue avec soin ce jour-là, m'attendant sans doute à le voir. Il était pourtant de si petite taille et tellement réservé, absolument pas le genre d'homme susceptible de m'attirer physiquement – j'aurais pu défendre ma vanité si je l'avais souhaité ! Mais au contraire je succombais à un sentiment d'abjection, qui renfermait une note d'espoir illogique. Je voulais qu'il soit plus que ce qu'il était, ou bien je désirais, d'une certaine manière, être moins que je n'étais et, parce que je voulais ces choses, ma volonté en était stimulée – dans tous les cas, j'avais la sensation qu'une entité inconnue résidait entre nous, laquelle éveillait une partie dangereuse de moi-même, celle qui avait l'impression de ne pas avoir réellement vécu. C'était cette même partie – ou l'un de ses aspects – qui m'avait poussée vers Tony, alors que d'emblée je ne l'avais pas entièrement reconnu lui non plus ni n'avais imaginé qu'il puisse m'attirer. Tony aussi m'éveillait, mais plus particulièrement à la présence en moi d'une image masculine figée, à laquelle il ne correspondait pas. Afin de le voir, je devais avoir recours à une faculté à laquelle je ne me fiais pas complètement. Toute ma vie durant, ainsi que je m'en suis peu à peu rendu compte, cette image, sous diverses formes, m'avait incitée à reconnaître certaines personnes et à les considérer comme étant réelles, tandis que d'autres passaient inaperçues et demeuraient sans profondeur. J'ai compris que je ne devais plus m'y fier, et le mécanisme consistant à ne plus faire confiance et à ne plus croire, et à en être ensuite récompensée, a fini au fil du temps par supplanter ce à quoi je me fiais et ce à quoi je croyais vraiment : c'est ce qui a en grande partie creusé le fossé qui me sépare de la personne que j'ai été, me semble-t-il, davantage que Tony lui-même et que la distance géographique entre ma vie actuelle et ma vie passée.

Je me suis souvent demandé, Jeffers, si les véritables artistes sont ceux qui ont réussi à se débarrasser de leur réalité intérieure ou à la mettre à l'écart très tôt dans leur carrière, ce qui expliquerait peut-être pourquoi une partie d'eux-mêmes en sait autant sur la vie tandis qu'une autre n'y comprend absolument rien. Après avoir rencontré Tony et appris à passer outre ma propre conception de la réalité, j'ai pris conscience que j'étais par trop capable de me faire des idées sans exercer le moindre discernement, et que je considérais les fruits de mon esprit avec une froideur extrême. Dans ma vie d'avant, j'avais fait l'expérience d'un tel phénomène en une occasion, et c'était l'horreur sinistre avec laquelle, arrivée à un certain point, j'avais imaginé me faire du mal : à ce moment précis, je suppose, se déroulait une sorte de duel à mort entre la foi dans la vie que je menais et mon incapacité à continuer à la vivre. Je crois avoir entrevu quelque chose en ces instants, une répulsion ou une haine vis-à-vis de ma propre personne, sentiment comparable à un seuil qui, une fois franchi, m'a dévoilé toute une face cachée de ma personnalité : c'est un monstre que j'ai vu, Jeffers, un colosse hideux qui se débattait en tous sens, et je lui ai claqué la porte au nez aussi vite que possible, mais pas assez, car il a eu le temps de m'arracher une bonne part de mon être. Plus tard, quand je suis venue m'installer dans le marais et que je me suis remémoré mes souvenirs, j'ai découvert que je me considérais sous un jour des plus cruels. Jamais je n'ai souhaité être capable de faire œuvre de création autant qu'à cette époque. J'avais l'impression que seule cette aptitude – à exprimer ou à représenter tel ou tel aspect de l'existence – me permettrait d'expier le savoir atroce que j'avais apparemment acquis. Je ne croyais plus aveuglément dans les événements ni ne pouvais plus m'absorber en moi-même – deux facultés qui, j'en prenais conscience, m'avaient rendu l'existence supportable et que j'avais perdues. Cette perte me paraissait constituer rien de moins qu'un gain, celui d'une autorité perceptive, laquelle, semblait-il, allait au-delà du langage : j'étais si convaincue d'être capable de la visualiser que j'ai même acheté du matériel de peinture et me suis installée dans un coin de la maison, mais ce que j'ai ressenti alors était le contraire d'une libération, Jeffers. C'était en fait comme si une infirmité complète et permanente s'était soudain emparée de mon corps, une paralysie avec laquelle il me faudrait vivre éternellement, tout éveillée.

Ainsi que l'a écrit Sophocle : qu'il est terrible de savoir, quand le savoir ne sert nullement à celui qui le possède !

Mais mon but ici consiste à brosser le portrait de L : mes pensées sur la perception et la réalité sont utiles seulement dans la mesure où elles faisaient progresser ma compréhension malhabile de la nature et de l'identité de L, ainsi que du fonctionnement de son esprit. Je soupçonnais à l'époque que l'âme de l'artiste – ou bien la partie de son âme à l'intérieur de laquelle il *est* un artiste – se doit d'être entièrement amorale et dénuée de tout préjugé personnel. Or étant donné que la vie, au fil du temps, œuvre à renforcer nos préjugés afin de nous permettre d'accepter les limites de notre destin, l'artiste doit rester particulièrement vigilant s'il veut éviter ces tentations et entendre l'appel de la vérité quand celui-ci retentit. À mon avis, il n'y a pas plus facile à manquer – ou plutôt, à ignorer – que cet appel. Et ce n'est pas une seule fois, mais à des milliers de reprises qu'on est tenté de l'ignorer, jusqu'à la toute fin. La plupart des gens préfèrent se soucier d'eux-mêmes avant de se soucier de la vérité et se demandent ensuite où leur talent s'en est allé. Tout cela n'a pas grand rapport avec le bonheur, Jeffers, même s'il faut dire que les artistes de ma connaissance qui ont été les plus à même d'accomplir leur vision ont aussi été les plus malheureux. Et L était l'un d'eux : sa tristesse le cernait tel un épais brouillard. Je ne pouvais cependant pas m'empêcher de présumer qu'elle était étroitement liée à d'autres choses, à son âge, à sa virilité diminuée et à sa nouvelle situation pécuniaire : en d'autres termes, il regrettait de ne pas s'être *davantage* soucié de lui-même, pas l'inverse !

Assis là-bas sur son tabouret, il s'est mis à parler d'une période de sa jeunesse, juste après qu'il avait atteint l'apogée spectaculaire de ses premiers succès, où il avait vécu en Californie. Il avait acheté une résidence sur la plage, si proche de l'eau que les vagues blanches et moutonneuses qui venaient s'y briser déferlaient presque à l'intérieur de la maison. Le son et l'activité hypnotiques de l'océan relevaient du sortilège ou de l'enchantement, et chaque jour qui passait était semblable au précédent, au point qu'il n'avait bientôt plus été conscient de l'écoulement du temps. Le soleil tapait et les flots trépidants l'enveloppaient d'une espèce d'écume brumeuse qui formait un mur d'enceinte phosphorescent pareil à un bassin de lumière. Vivre dans un bassin de lumière, hors du mécanisme du temps – c'était cela, la liberté, il l'admettait. Il avait alors une liaison avec une femme qui s'appelait Candy, et la douceur qu'évoquait ce nom aux sonorités comestibles la définissait – tout en elle était sucre pur et délicieux. Pendant un long été, ils avaient tous deux vécu sur le sable, se roulant dans l'eau lumineuse, s'habillant à peine, leur peau revêtant une teinte si bronzée que c'était comme si une chose en eux était devenue éternelle, à l'image de deux figures d'argile cuites dans un four. Il pouvait passer la journée à simplement la regarder, à observer sa façon de se tenir debout, de s'allonger ou de se mouvoir, et il ne l'avait pas une fois dessinée, parce qu'elle avait arraché, lui semblait-il, cette épine de son cœur et l'avait conduit à connaître une intimité stupéfiée. Elle était déjà la représentation d'elle-même la plus fidèle qui soit, et il se soumettait à elle comme un nourrisson à sa mère, or la douceur qu'il obtenait en retour était une sorte de narcotique qui lui faisait découvrir, pour la première fois, l'oubli de soi.

« Elle est partie s'installer à Paris, m'a-t-il dit, me clouant du regard à ma chaise, et elle y a épousé un aristocrate. Je ne l'ai pas revue ni n'ai eu de ses nouvelles pendant des décennies. Mais, la semaine dernière, elle m'a soudain envoyé une lettre. Elle a eu mon adresse par mon galeriste et m'a écrit pour me parler de sa vie. Son mari et elle habitent à la campagne dans un endroit perdu, et leur fille est à Paris, dans leur maison de famille. Celle-ci a le même âge que Candy avait à l'époque où nous vivions sur la plage, et cela lui a fait repenser à ces mois d'été, car sa fille lui rappelle tant la jeune femme qu'elle était alors. Elle avait d'abord envisagé d'essayer de me revoir, m'a-t-elle écrit, avant de décider que non. Trop de temps a passé, ce serait trop triste. Mais si un jour je suis à Paris, elle est certaine que sa fille sera ravie de faire ma connaissance et de me servir de guide. Je me suis demandé comment je pouvais y aller, a poursuivi L, et ce que je ressentirais si je croisais cette personne. La mère réincarnée en la fille – c'est si merveilleusement tentant, si grotesque ! Cela pourrait-il être vrai ? »

Il affichait un sourire, un grand sourire d'une luminosité glaciale, et ses yeux flamboyaient – il m'a soudain paru mystérieux et vivant, d'une manière extrêmement redoutable. J'avais trouvé son histoire pénible, horrible, et j'espérais à moitié qu'il l'avait relatée avec l'intention de se montrer cruel ; sinon il me faudrait en conclure que j'avais affaire à un fou ! Imagine un homme vieillissant, que la chance a abandonné, partant précipitamment pour Paris dans l'espoir de rencontrer une recréation de son ancienne maîtresse et d'ainsi recouvrer glorieusement puissance et jeunesse – c'en aurait été ridicule, Jeffers, si ça n'avait pas par ailleurs été très perturbant.

« Je ne sais pas comment on peut se rendre à Paris, ai-je répondu non sans une certaine raideur. J'ignore si c'est possible. Il faudrait vous renseigner. »

Je ne pouvais souffrir que cette raideur me soit imposée ! Comprenait-il que, en faisant étalage de sa liberté et de l'assouvissement de ses désirs en ma présence, il me rendait moins libre et moins assouvie que je ne l'avais été avant de franchir sa porte ? Ma réponse a paru l'étonner, comme s'il ne s'était pas attendu à ce que je soulève une objection d'ordre aussi pratique.

« C'est tellement idiot, tout ça, a-t-il murmuré, à demi pour lui-même. On se lasse de la réalité, et puis on découvre qu'elle s'est déjà lassée de soi. Nous devrions essayer de rester réels », a-t-il ajouté en arborant de nouveau son affreux sourire. « Comme Tony. »

Il a laissé échapper un petit rire curieux avant de sortir le portrait de Tony de l'arrière du chevalet et de l'appuyer contre le mur afin que je le voie. La toile était petite, mais la figure de Tony l'était encore plus – L l'avait fait minuscule ! Il s'agissait d'un portrait en pied, exécuté avec un souci minutieux du détail, telle une miniature à l'ancienne, représentant Tony jusqu'à la pointe de ses chaussures, si bien qu'il avait l'air à la fois tragique et insignifiant. C'était impitoyable, Jeffers – il avait donné à Tony l'apparence d'un petit soldat !

« J'imagine que vous-même, vous le voyez ainsi que Goya l'aurait vu, a-t-il dit. À portée de main. À moins que vous ne le préfériez hors d'atteinte ?

— Je n'ai jamais vu Tony tout d'un bloc. Il est trop imposant.

— Il ne m'a pas accordé assez de temps », a brusquement dit L en s'apercevant que le tableau me décevait – or j'avais bel et bien eu l'intention de le lui faire comprendre. « Il semblait très occupé. »

Il y avait une pointe de moquerie dans cette remarque, comme s'il accusait Tony d'exagérer sa propre importance.

« Il est venu simplement parce qu'il pensait que j'y tenais, ai-je lamentablement répondu.

— Dans cette figure peinte, je m'efforce de trouver une

chose qui n'existe peut-être pas, a repris L. Quelque imperfection ou incomplétude », a-t-il ajouté avant de marquer une pause. « Vous savez, je n'ai jamais voulu être *complet* ou *achevé.* »

Tout en parlant, il étudiait le portrait de Tony, à croire que celui-ci incarnait l'état d'achèvement auquel il ne pouvait ou ne voulait parvenir et qu'il était dès lors, paradoxalement, un échec. C'était une complétude qui trahissait la fragmentation ou la mutation permanente de sa propre personnalité.

« Pourquoi ? ai-je demandé.

— J'ai toujours imaginé que cela revenait à être englouti.

— C'est peut-être vous qui vous livrez à cet engloutissement, ai-je répliqué.

— Je n'engloutis rien, a-t-il dit posément. Je me contente de quelques bouchées ici et là. Non, je ne veux pas être complété. Je préfère essayer de distancer ce qui me poursuit, peu importe ce que c'est. Je préfère rester dehors, comme les enfants qui, un soir d'été, refusent de rentrer chez eux quand on les appelle. Je n'ai pas envie de rentrer. Mais cela signifie que toutes mes réminiscences sont hors de moi. »

Il a alors entrepris de parler de sa mère, morte quand il avait une quarantaine d'années. Il l'avait toujours trouvée physiquement répugnante, a-t-il précisé – elle-même avait quarante ans à la naissance de L, son cinquième et dernier enfant. Elle était très grasse et grossière, à la différence de son père, délicat et petit. Il se souvenait d'avoir eu le sentiment que ses parents n'étaient pas assortis, que d'une certaine façon ils n'allaient pas ensemble. À l'époque où son père était mourant, L était souvent seul à son chevet, et il remarquait fréquemment, sur la peau du malade, des bleus récents et d'autres marques que seule sa mère avait pu lui laisser, puisque personne d'autre ne visitait la chambre. L s'interrogeait parfois : était-il mort simplement pour échapper à sa femme ? Il n'arrivait pourtant pas à croire que son père ait désiré l'abandonner. Plus tard, il avait pris conscience que son père avait fait son possible pour le tenir à l'écart de sa mère, et c'était ainsi que L s'était mis au dessin : une activité à laquelle son père avait pensé afin de l'occuper pendant qu'il vérifiait ses comptes ou travaillait dans la cour, car l'enfant était presque toujours près de lui.

Sa mère avait pour habitude de lui demander de la toucher : elle se plaignait qu'il ne lui témoignait jamais la moindre affection. Elle voulait qu'il soit à son service, il le devinait. Il éprouvait pour elle de la compassion, ou du moins de la pitié, mais lorsqu'elle exigeait qu'il lui frotte les pieds ou lui masse les épaules, la réalité corporelle de cette femme le dégoûtait. Ce faisant, elle levait le voile sur ce qu'elle désirait et sur ce que personne n'acceptait de lui donner. Il ne comptait pas : pour elle, il n'avait pas d'existence réelle. Dans l'un de ses souvenirs, alors qu'il était tout petit, il fabriquait une chaîne de papier debout devant la fenêtre de la cuisine en découpant des bonshommes dans de vieux journaux avec une paire de grands ciseaux, pendant que sa mère était occupée devant le fourneau. Les petits bouts de papier pleuvaient sur le sol tels des flocons de neige. Il se souvenait du son de la voix de sa mère qui l'appelait pour qu'il la serre dans ses bras. Elle lui enjoignait parfois d'approcher de la sorte, comme si sa solitude à elle lui était soudain devenue insupportable. Quand il avait déplié la guirlande, elle avait été étrangement émue à la vue des bonshommes qui se tenaient par la main. Elle n'arrêtait pas de lui demander comment il s'y était pris ; il s'était ainsi rendu compte qu'il avait amené sa mère à lui reconnaître un certain pouvoir, parce qu'elle ne comprenait pas son fils.

« Je me rappelle avoir toujours eu peur qu'un jour elle me dévore, a-t-il dit. Alors je fabriquais des choses pour les lui montrer, afin de la détourner de cette idée. »

Il avait appris le dessin en étudiant les animaux et leur anatomie. L'abattoir lui offrait un matériau illimité : l'avantage, avec les bêtes mortes, c'est que leur immobilité donnait amplement le temps de les reproduire. Son père examinait attentivement tous ses croquis et lui prodiguait des conseils.

« J'ai souvent pensé que ce sont les pères qui font les peintres, a-t-il dit. Tandis que les écrivains sont conçus par leurs mères. »

Pourquoi voyait-il les choses ainsi ?

« Les mères sont de fieffées menteuses, a-t-il répondu. Tout ce qu'elles possèdent, c'est le langage. Si on les laisse faire, elles nous gavent de langage. »

Au fil des années, il avait envisagé à quelques reprises de se mettre à l'écriture. Il s'imaginait être ainsi capable de créer une continuité en consignant par écrit ses souvenirs et en les assemblant. Mais il ne s'était rien passé, si ce n'est qu'il avait pris conscience qu'il se rappelait en définitive très peu de choses. Ou alors, tout simplement, évoquer le passé ne lui plaisait-il peut-être pas autant qu'il l'avait d'abord cru. Après la mort de son père il avait fugué, Jeffers, et il n'avait plus jamais revu un seul membre de sa famille. Il lui arrivait d'être officieusement adopté, pendant un temps, par d'autres familles. C'étaient des expériences en général bénéfiques, qui lui ont appris, je suppose, à attacher davantage de prix au choix et au désir qu'à la résignation et au destin. En l'entendant s'exprimer ainsi, je me suis aperçue qu'il était dépourvu de toute fibre morale et de tout sens du devoir, non par décision consciente de sa part mais plutôt parce que ces qualités semblaient lui faire fondamentalement défaut. Il était tout bonnement incapable de concevoir l'idée d'obligation. Plus que toute autre chose, c'était ce qui m'attirait chez lui, quand bien même cela lui imposait de ne pouvoir être attiré à son tour, et quoique je saisisse clairement que seule une catastrophe était susceptible d'en découler. Grâce à lui, j'imagine, je comprenais à quel point j'avais laissé les autres circonscrire ma vie. Les individus tels que lui ont-ils, de fait, une fonction morale supérieure, qui consiste à nous montrer de quoi sont constituées nos propres suppositions et convictions ? Autrement dit, la finalité de l'art ne se prolonge-t-elle pas dans l'artiste lui-même en tant qu'être vivant ? Je crois que oui, bien qu'une certaine honte soit toujours associée aux explications biographiques, comme si chercher la signification d'une œuvre en explorant la vie et le caractère de son créateur était en quelque sorte la marque d'une faiblesse de l'esprit. Mais peut-être cette honte dénote-t-elle simplement une situation culturelle plus généralisée de déni ou de refoulement, avec laquelle l'artiste en personne est très souvent tenté d'être de connivence. Je pense que L avait réussi, je ne sais comment, à éviter cette tentation et qu'il n'éprouvait nul besoin de se dissocier de ses créations ou d'affirmer qu'elles étaient autre chose que le fruit d'une vision personnelle. Et pourtant, à l'époque, lui-même avait à l'évidence rencontré un obstacle qu'il était incapable de surmonter. Il y avait une chose, m'avait-il confié, qu'il n'avait pas su voir. Mais par quel moyen, étant donné son incomplétude, serait-il un jour en mesure de la trouver ?

« Pourquoi jouez-vous à être une femme ? » m'a-t-il soudain demandé avec un large sourire légèrement idiot.

Je ne me suis pas élevée contre cette interrogation, car il n'avait pas tort, c'était en effet ce que je faisais. En revanche, je n'appréciais pas qu'on en fasse un objet de plaisanterie.

« Je l'ignore, ai-je répondu. Je crois ne pas savoir comment en être une. Je pense que personne ne me l'a jamais montré.

— Là n'est pas le problème. C'est plutôt parce qu'on ne vous y a pas autorisée.

— Lors de notre première conversation, vous avez dit que vous n'arriviez pas à me voir. Ainsi, c'est peut-être vous qui ne m'y autorisez pas.

— Vous essayez sans cesse de forcer les événements. Comme si vous vous figuriez que rien ne se produit jamais sans votre intervention.

— C'est en effet mon avis.

— Personne n'a jamais brisé votre volonté. »

Il a détaché ses yeux de moi et parcouru la pièce d'un regard songeur.

« Qui est-ce qui paie pour tout ça ?

— La maison et le terrain appartiennent à Tony. Je dispose de ressources personnelles.

— J'ai du mal à imaginer que vos petits livres rapportent autant. »

C'était la première fois, Jeffers, qu'il faisait allusion à mon œuvre – si on peut la désigner ainsi. Mais, jusqu'à ce moment-là, son refus de savoir quoi que ce soit me concernant m'avait fait l'effet d'un refus de reconnaître mon existence, et j'en comprenais à présent la raison : il n'aimait pas avoir le sentiment d'être contraint par ma volonté. J'étais pourtant persuadée qu'il en avait besoin, de cette volonté, qu'elle lui était nécessaire afin de franchir l'obstacle auquel il était confronté. Nous avions besoin l'un de l'autre !

« J'ai touché de l'argent il y a quelques années, ai-je dit. Mon premier mari, le père de Justine, possédait des actions qu'il a un jour mises à mon nom – une espèce de combine. Cela lui est ensuite sorti de l'esprit et, des années plus tard, après notre divorce, la valeur de ces actions a crevé le plafond. Il a cherché à les récupérer, mais l'avocat m'a dit que je n'étais pas obligée de les transférer à son nom et que cet argent m'appartenait en toute légalité. Je l'ai donc gardé. »

La lumière embrasait de nouveau les yeux de L.

« C'était une bonne somme ? m'a-t-il demandé.

— Dans la balance de la justice, cela revenait plus ou moins à ce qu'il me devait. »

L a laissé échapper un genre de hululement.

« La justice, a-t-il dit. Quelle notion désuète. »

Cela m'avait fait l'impression d'une conclusion plus que d'une compensation, ai-je expliqué, la fin d'une course épuisante. Mes petits livres, ainsi qu'il les appelait, ne m'avaient en effet presque rien rapporté, en partie parce qu'ils se présentaient si peu souvent à moi, et seulement lorsque la vie avait revêtu, à mes yeux, une allure morale qui devait me mettre complètement à bout avant que je sois moi-même capable d'endosser cette allure par l'entremise des mots. Dans l'intervalle, j'avais eu toutes sortes d'emplois, vécu sur les nerfs et m'étais nourrie d'adrénaline, et maintenant le plus grand vice qui s'offrait à moi consistait à ne rien faire du tout.

« Je ne me suis jamais assez amusée, ai-je continué. J'ai profité d'autres choses, mais pas de ça. Vous avez peut-être raison, je force les événements, or s'amuser est par nature une activité spontanée. »

Tu ne croiras jamais ce qu'il a fait, une fois ces paroles prononcées : il s'est levé brusquement et, à ma grande stupéfaction, il a bondi sur la table à la manière d'un chat !

« Et si on s'amusait ? » a-t-il proposé, s'ébattant comme un diable au visage flamboyant, tandis que je le regardais, sidérée. Il s'est mis à crier mon nom à plusieurs reprises tout en trépignant sur la table.

« Amusons-nous, d'accord ? Amusons-nous ! »

Je suis sincèrement incapable, Jeffers, de me rappeler comment j'ai pris congé de lui ce jour-là, mais je me souviens d'avoir descendu le sentier qui traverse le bosquet en éprouvant une sensation pareille à une plaie dans ma poitrine, une plaie à la fois pesante et légère, fraîche mais fatale. J'ai alors repensé à ce que Tony avait dit à propos de L, et je me suis interrogée : comment se faisait-il que mon mari semble toujours en savoir beaucoup plus que quiconque sur ce qu'étaient réellement les choses ?

Kurt a annoncé qu'il avait décidé de devenir écrivain. Il souhaitait commencer à écrire un livre séance tenante. Un jour, il avait entendu un auteur expliquer que se servir d'un stylo et de papier était préférable à toute autre méthode, car le mouvement des muscles de la main favorisait la formation d'énoncés. Kurt était résolu à suivre ce conseil. Il a demandé qu'on lui achète plusieurs stylos et deux gros blocs-notes de papier uni la prochaine fois que l'un de nous irait en ville. Je lui ai proposé de s'installer, s'il le voulait, dans le petit bureau du rez-de-chaussée, une pièce tranquille dont personne ne se servait. Il y avait une table de bonne taille placée dos à la fenêtre – mieux valait ne rien avoir à regarder et, d'après moi, ai-je ajouté, la plupart des écrivains s'accordaient sur ce point.

Afin d'exercer sa nouvelle profession, Kurt a choisi un accoutrement qui se composait d'un long peignoir de velours noir, d'un béret écossais rouge profondément enfoncé sur sa tête et, pour couronner le tout, d'espadrilles à semelles de corde, portées sans chaussettes. Inéluctablement, il est entré dans le bureau avec ces espadrilles aux pieds, un bloc-notes sous chaque bras, les stylos dans la poche de son peignoir, et il a refermé la porte derrière lui. Plus tard, en passant devant sa fenêtre, j'ai remarqué qu'il avait déplacé la table afin qu'elle donne sur le jardin et le bosquet, si bien qu'il pouvait voir quiconque se promenait de ce côté et en être vu. Il était à sa fenêtre quand on sortait, et il s'y trouvait encore quand on rentrait. Affichant une mine attristée, les yeux perdus dans la distance, il semblait ne pas vous reconnaître si par hasard vous croisiez son regard. Je me demandais si, loin de vouloir se cacher, il n'avait pas au contraire l'intention d'attirer l'attention sur lui, en particulier celle de Justine, tout en exerçant sur elle une surveillance constante, puisqu'elle passait maintenant presque tout son temps dehors, en compagnie de Brett. Elles faisaient toutes sortes de choses ensemble, de l'exercice, de l'aquarelle et même du tir à l'arc ; elles se servaient pour ce faire d'un bel arc en bois ancien que Brett avait apparemment trouvé en ville, chez le brocanteur, puis qu'elle avait réparé et astiqué et, comme l'air était toujours aussi chaud et immobile, elles pratiquaient la plupart de ces activités sur la pelouse ou à l'ombre des arbres du bosquet – toujours sous le regard lugubre de Kurt. Elles sortaient quelquefois en mer sur le bateau de Tony pendant une journée, tandis que Kurt demeurait derrière sa fenêtre, même si elles l'avaient invité à les accompagner. Il était devenu une espèce d'icône figée dans un cadre, nous reprochant à tous notre futilité et le temps que nous gâchions.

En passant la majeure partie de ses journées dans le bureau, Kurt s'était immanquablement déclaré trop occupé par des questions d'ordre supérieur pour réparer des clôtures ou tondre l'herbe, si bien qu'il a rapidement été mis un terme à son association avec Tony. C'était à présent L qu'il paraissait considérer comme son allié naturel. Parfois, en fin d'après-midi, je les voyais se promener tous deux dans le bosquet en bavardant, sans que je sache ni comment ces conversations avaient commencé ni qui les avait engagées. Un jour, j'ai entendu Kurt dire à Justine que L et lui avaient discuté de leurs arts respectifs, et j'ai été extrêmement surprise de l'apprendre, puisqu'il était difficile de parler franchement avec L de quelque sujet que ce soit sur un mode ordinaire, encore moins de son travail. Cela ne dérangeait pas Tony que Kurt ne le suive plus partout : ce qu'il ne supportait pas, c'était l'idée que Kurt n'ait rien à faire.

D'une certaine façon, j'admirais que Kurt ait pris une orientation nouvelle, car au moins il réagissait de manière vaguement constructive au changement qui s'opérait en Justine, à sa réticence à jouer dorénavant les bonnes petites épouses et à s'en contenter. Qui sait, peut-être écrivait-il un chef-d'œuvre ! Non sans timidité, Justine m'a demandé si, à mon avis, c'était le cas. Je lui ai répondu que c'était impossible à dire vu de l'extérieur. Certains parmi les écrivains les plus intéressants passaient quelquefois pour des directeurs de banque, ai-je ajouté, tandis que le plus spirituel des conteurs pouvait devenir ennuyeux une fois qu'il avait reconnu la nécessité d'expliquer une à une ses anecdotes. Certains écrivent simplement parce qu'ils ne savent pas comment vivre dans l'instant, ai-je dit, et il leur faut d'abord le reconstituer afin d'y vivre plus tard.

« Au moins, il persévère, ai-je fait observer.

— Il a déjà rempli tout un bloc-notes, a dit Justine. Il veut que je lui en achète d'autres en ville. »

L'avenir de Justine m'inquiétait, et quelque chose dans

son épanouissement récent et son indépendance croissante me déchirait le cœur – j'avais presque la sensation que, moins j'avais à me tourmenter pour elle, plus cela m'attristait. Elle avait posé sa candidature pour suivre une autre formation universitaire à l'automne, et son dossier avait été accepté. Elle ne m'a pas dit si Kurt comptait partir avec elle – ce n'était visiblement pas l'une de ses préoccupations.

« Elle commence à s'aventurer là-bas », m'a dit Tony quand un soir, au lit, je lui ai avoué ce que je ressentais.

Il pointait le doigt sur la fenêtre sombre, et j'ai compris qu'il évoquait ainsi le vaste monde.

« Oh, Tony, c'est comme si je *voulais* qu'elle épouse Kurt et qu'elle passe le reste de sa vie aux petits soins avec lui pendant qu'il l'empêche de faire quoi que ce soit !

— Tu veux qu'elle soit en sécurité », a répondu Tony.

Et il avait parfaitement raison : depuis qu'elle avait révélé sa vraie beauté et son potentiel, elle était à certains égards moins en sécurité qu'elle ne l'avait été. Je ne pouvais supporter de penser aux espoirs et aux possibilités que cette révélation engendrerait peut-être, et à ce que leur anéantissement serait susceptible de lui faire subir. Il était plus sûr et beaucoup moins risqué de se balader en mère Hubbard !

« Elle est plus en sécurité là-bas, a repris Tony sans cesser d'indiquer la fenêtre. Tant qu'elle a ton amour. Tu devrais t'entraîner à le lui donner. »

Ce qu'il voulait dire, c'était le lui offrir comme une chose qui lui appartenait, qu'elle serait libre d'emporter. Quelle était la signification de ce présent ? En vérité, je mettais en doute la valeur de mon amour – je n'étais pas certaine qu'il puisse être un bienfait pour quiconque. J'aimais Justine, pour ainsi dire, en me jugeant moi-même d'un œil critique :

j'œuvrais, je ne sais comment, à la délivrer de moi, alors que ce dont elle avait besoin en réalité, c'était d'emporter une partie de moi !

Après mûre réflexion, j'ai pris conscience qu'un principe essentiel m'avait guidée dans l'éducation de ma fille : je m'étais contentée de faire, en ce qui la concernait, le contraire de ce qu'on avait fait avec moi. J'étais douée pour trouver ces contraires et pour savoir à quel moment je devais tourner à gauche plutôt qu'à droite, et mon sens moral m'avait fréquemment ramenée à des scènes de ma propre enfance qui me remplissaient d'une franche stupéfaction maintenant que je les revisitais à rebours. Mais il est certains concepts qui n'ont pas vraiment de contraire – ils doivent surgir de nulle part. Là réside peut-être la frontière de l'honnêteté, Jeffers, cet espace où il faut créer une chose neuve, ne se rattachant à rien qui s'y trouvait auparavant, et c'était dans cet espace-là que je me démenais souvent en tous sens avec Justine. C'était d'autorité que j'avais l'impression de manquer, et il est difficile de définir précisément quel est le contraire de cette qualité, car tout ou presque semble l'être. Je me suis fréquemment interrogée sur les origines de l'autorité, me demandant si elle est le résultat du savoir ou du caractère – autrement dit, si elle peut être acquise. On la reconnaît quand on y est confronté, et pourtant on n'est sans doute pas encore capable de dire exactement de quoi elle est composée ni comment elle fonctionne. Quand Tony a affirmé que je n'étais pas consciente de mon propre pouvoir, peut-être parlait-il en fait de la notion d'autorité et de son rôle, qui consiste à donner forme au pouvoir et à le cultiver. Seuls les tyrans désirent le pouvoir dans le seul but de le posséder, et être parent offre à la plupart des gens l'occasion d'exercer une tyrannie ou, du moins, ce qui s'en rapproche le plus. Étais-je un tyran, faisant usage d'un pouvoir informe dénué de toute autorité ? La majeure partie du temps, je ressentais une espèce de trac, celui que doivent éprouver, j'imagine, les professeurs inexpérimentés quand ils se retrouvent debout devant la classe, face à une multitude de visages pleins d'attente. Justine m'avait souvent regardée de cette façon, comme si elle espérait obtenir une explication sur tout, et j'avais ensuite l'impression de ne lui avoir rien expliqué qui nous satisfasse tout à fait, elle et moi.

Par le passé, lorsque j'essayais de lui témoigner de l'affection physique, elle se hérissait et me repoussait, tel un porc-épic qui dresse ses piquants ; j'avais donc pris l'habitude de ne la toucher que très rarement, et puis j'ai oublié si ce comportement aussi peu démonstratif dépendait d'elle ou de moi. Quoi qu'il en soit, j'ai décidé de commencer par cette approche physique pour m'exercer au don d'amour. Le matin qui a suivi ma conversation avec Tony, alors que nous étions dans la cuisine, je me suis dirigée vers elle, je l'ai enlacée et, pendant un moment, j'ai eu la sensation d'étreindre un petit arbre qui ne bouge ni ne réagit, et qui néanmoins ne refuse pas d'être étreint – une expérience agréable, mais sans structure particulière ni relation au temps. L'important, c'est qu'elle n'a pas paru interloquée du tout et qu'elle m'a laissé faire assez longtemps pour que je comprenne que j'étais en droit d'agir de la sorte. Une fois qu'elle a décidé que c'en était assez, elle a émis un petit rire et a reculé en disant :

« Et si on prenait un chien ? »

Justine me demandait souvent pourquoi Tony et moi n'avions pas de chien, puisque notre vie convenait parfaitement à un animal et qu'elle savait que Tony en avait toujours eu avant de me rencontrer. Il avait placé près de notre lit une photographie de son chien préféré, un épagneul marron prénommé Fetch. En vérité, Jeffers, je craignais que, si Tony prenait un chien, celui-ci ne devienne le centre de son attention, et qu'il ne lui accorde l'amitié et l'affection qui auraient dû me revenir. J'étais dans un sens en concurrence avec cet animal de compagnie hypothétique, et j'estimais avoir déjà fait montre de nombre de ses caractéristiques – loyauté, dévouement, obéissance. Je savais pourtant que Tony avait en réalité très envie d'un chien et, quoi que je puisse lui apporter, dans son for intérieur cela n'avait rien à voir avec les récompenses auxquelles a droit le propriétaire d'un animal ni avec les responsabilités qui lui incombent. À mes yeux, cela signifiait qu'il n'était pas entièrement convaincu de ma loyauté ou de mon obéissance, et même qu'une partie de lui trouverait peut-être plus facile de caresser un chien qu'une femme, or je n'aurais été persuadée du contraire que si, pour sa part, il avait affirmé ne plus désirer de chien. Mais il n'avait pas la moindre intention d'affirmer une chose pareille – tout ce qu'il savait, ou admettrait savoir, c'était que je n'aimerais pas avoir un chien, et le sujet était par conséquent clos pour lui.

Si j'étais une psychologue, je dirais que ce non-chien en était venu à incarner le concept de sécurité, et sa réapparition sur les lieux de mon étreinte avec Justine semblait confirmer cette hypothèse. Si j'en parle, c'est parce que cela illustre comment, en matière d'être et de devenir, un objet peut rester lui-même tout en étant à la merci de perspectives contradictoires. Le non-chien représentait l'idée selon laquelle il est nécessaire de faire confiance aux êtres humains et de se sentir en sécurité auprès d'eux : je préférais que les choses soient ainsi, mais il suffisait à Tony et Justine de flairer cette proposition pour s'en effrayer. Le non-chien était pourtant un fait, du moins pour Tony et moi, et nous étions capables de tomber d'accord sur ce point, alors même qu'il ne recelait pas la même signification pour chacun de nous. Ce fait symbolisait la frontière ou la ligne de séparation entre nous – et entre deux êtres, quels qu'ils soient –, ligne qu'il est interdit de franchir. C'est très facile pour quelqu'un comme Tony, très difficile pour quelqu'un comme moi, car j'ai du mal à reconnaître et à respecter de telles frontières. J'ai besoin de débusquer la vérité d'une chose et de creuser encore et encore avant de péniblement la traîner en pleine lumière – une autre qualité propre aux chiens. Au contraire, je pouvais simplement soupçonner, depuis mon côté de la frontière, que les deux destinataires principaux de mon amour – Tony et Justine – préféraient secrètement être aimés par une entité muette, dépourvue d'esprit critique.

Justine est très douée pour la musique et souvent, le soir, quand nous étions assis autour du feu, elle entonnait des airs en s'accompagnant à la guitare. Quand elle chante, elle a une voix très douce et une mine mélancolique, pénétrante, que j'ai toujours trouvée touchante. Avec Brett, elle avait répété une chanson pour laquelle elle avait écrit une harmonie, et un jour elles ont décidé de l'interpréter après le dîner. Kurt a ensuite annoncé qu'il aimerait profiter de l'occasion pour lire des extraits de son livre en cours d'écriture. Tony et moi nous sommes affairés à ranger la pièce, à installer des sièges et à préparer des boissons, car je devinais que L assisterait peut-être à cette soirée culturelle et je tenais à ce que la maison soit accueillante, alors même que sa remarque sur le fait que je jouais à être une femme continuait de retentir à mes oreilles. Je commençais à comprendre que L avait une façon bien à lui de vous tendre un miroir sans être vraiment en mesure d'intervenir sur ce que vous y aviez vu. Tout en poursuivant mes préparatifs, je m'imaginais être un autre genre de personne, une femme insouciante et égoïste, certaine que la soirée serait réussie en raison même de ces qualités. J'aurais tant voulu, parfois, être cette personne !

À l'heure convenue, j'ai pu constater que j'avais vu juste, car j'ai aperçu, par la fenêtre, deux silhouettes qui approchaient dans le bosquet. Brett est entrée, vêtue d'une petite robe étonnante, sorte de combinaison ou de négligé qui dévoilait plus qu'il ne couvrait, et cette révélation charnelle a immédiatement créé une atmosphère de gêne, car elle paraissait relever de circonstances intimes qui ne regardaient que L et Brett. Le visage de cette dernière s'était empourpré, et son étrange bouche en forme de boîte aux lettres était béante et sombre. Elle affichait une expression empreinte d'une certaine sauvagerie, et je me suis peu à peu sentie gagnée par le vide et la terreur qui me saisissent inévitablement quand, en société, je perçois des tensions. Il y avait aussi une lueur sauvage dans les yeux de L, et de temps à autre tous deux échangeaient un coup d'œil en riant.

Après nous être assis, nous avons discuté pendant un moment. Je ne sais plus de quoi nous avons parlé – je ne m'en souviens jamais, dans ce genre de situation. Imperturbable, Tony a préparé des cocktails et s'est comporté comme si tout allait pour le mieux. Brett en a descendu deux à la suite, ce qui a curieusement eu pour effet de la dégriser, m'a-t-il semblé. L a accepté un verre et l'a méticuleusement placé sur une petite table pour ne plus le toucher. Je jetais de fréquents coups d'œil à Justine, assise près du feu dans un fauteuil bas, sa guitare posée à plat sur ses genoux, l'air contemplative, alors même que Brett, à côté d'elle, ne cessait d'éclater d'un rire strident. À un moment, ma fille a pris sa guitare et s'est mise à jouer doucement, puis à fredonner. Comme à son habitude, L s'était installé aussi loin de moi que possible, et Kurt était près de lui. Tous deux discutaient, ou plutôt L parlait et Kurt l'écoutait : le premier avait tourné la tête et murmurait directement à l'oreille du second, ce qui était nécessaire je suppose, en raison de sa voix si indistincte et des autres bruits dans la pièce. La mélodie de Justine a fini par avoir un effet calmant sur Brett, sur Tony et sur moi, et quand elle a entonné un chant de sa douce voix nous nous sommes tus pour l'écouter. Kurt a lui aussi tourné la tête vers Justine, si bien que L a dû changer de position pour continuer de lui parler à l'oreille. Au bout d'un moment, Kurt s'est de nouveau détourné de Justine pour écouter L, mais il n'arrêtait pas de lui lancer des regards étranges et froids ; j'ai alors saisi qu'il était d'une certaine manière partagé, sa loyauté oscillant de l'un à l'autre, et j'ai deviné que c'était la faute de L.

L'air que Justine interprétait était bien connu, et nous nous sommes mis à chanter en chœur avec elle, comme nous le faisions souvent dans ces moments. Cette époque est très chère à mon cœur, Jeffers, car intérieurement j'avais toujours la sensation que c'était pour moi que Justine chantait, et son chant était celui des pérégrinations que nous avions effectuées ensemble au fil du temps, depuis le jour de sa naissance jusqu'au moment présent. À cet instant précis je l'admirais plus encore qu'à l'ordinaire, puisqu'en ramenant la situation à un ordre vertueux elle semblait avoir révélé un pouvoir nouveau. Brett, qui avait passé un manteau sur sa combinaison, chantait d'une voix rauque, plutôt agréable, Tony faisait résonner ses harmonies basses et puissantes, pendant que je suivais de mon mieux les modulations de Justine. Même Kurt a fini par se joindre à nous, ne serait-ce que par habitude. Le seul à garder le silence était L, or ce n'était pas parce qu'il ne savait pas chanter ou ne connaissait pas cette mélodie, j'en étais convaincue. C'était parce que tout le monde chantait et que ce n'était pas dans sa nature d'être contraint qu'il refusait de nous imiter. Sans doute un autre que lui se serait-il au moins donné la peine de feindre d'être charmé ou diverti par la scène, mais L se contentait d'arborer une mine lasse, comme si cette occasion était pour lui prétexte à repenser à toutes les autres soirées assommantes auxquelles il avait été obligé d'assister. Parfois il levait la tête et croisait mon regard, et son éloignement devenait alors en partie mien. Un sentiment de détachement extrêmement curieux, quasiment de déloyauté, me saisissait : même là, parmi ceux qui m'étaient le plus chers, il avait le don de me faire douter de moi-même et de mettre à nu ce qui, en moi, était habituellement couvert d'un voile épais. À de tels moments on aurait dit que je faisais mienne sa terrible objectivité et que je voyais les choses pour ce qu'elles sont réellement.

Il va presque sans dire, Jeffers, que la grandeur de L venait en partie de son aptitude à voir juste quand quelque chose se présentait à son regard, et ce qui me déconcertait, c'était la façon dont cette justesse d'esprit, sur le plan existentiel, pouvait être si discordante et cruelle. Ou plutôt, la sensation si libératrice et gratifiante qu'on éprouvait en observant un tableau de L devenait intensément désagréable quand on était confronté à cette justesse ou qu'on en faisait l'expérience en personne. C'était le sentiment qu'il ne pouvait y avoir ni excuse, ni explication, ni dissimulation : L vous emplissait d'un soupçon affreux, selon lequel la vie n'a aucune cohérence narrative, aucune signification personnelle au-delà de celle que renferme chaque instant donné. Quelque chose en moi aimait ce sentiment, ou tout du moins le connaissait et reconnaissait son authenticité, tout comme l'on reconnaît l'obscurité et l'on admet son authenticité au côté de celle de la lumière ; et c'était dans ce sens que je connaissais et reconnaissais L. Je n'ai pas aimé tellement de gens dans ma vie, Jeffers – avant Tony, je n'avais jamais vraiment aimé. J'apprenais seulement maintenant à aimer Justine différemment, sans me cantonner au banal amour maternel, et à la voir telle qu'elle était en réalité. L'amour véritable est le produit de la liberté, or je ne suis pas sûre qu'un parent et un enfant puissent jamais connaître ce type d'amour, à moins qu'ils ne décident de repartir de zéro une fois que le second a atteint l'âge adulte. J'aimais Tony, j'aimais Justine et j'aimais L, Jeffers, même si les instants que je passais en compagnie de ce dernier étaient si souvent amers et douloureux, parce qu'il m'emmenait au plus près de la vérité au moyen de sa cruelle justesse.

Brett et Justine ont interprété leur chanson ensemble de façon tout à fait charmante, et l'ont chantée une seconde fois après que je les en ai priées ; puis, dans son peignoir de velours noir, Kurt s'est levé et approché de la cheminée pour se placer devant nous. Il a solennellement posé sur la table, près de lui, un bloc de feuilles de plus de deux centimètres d'épaisseur et, sans aucune introduction, il a commencé à lire son texte d'une voix sonore et plaintive, soulevant chaque page pour ensuite la reposer à l'envers de l'autre côté de la pile et prendre la suivante, et nous avons bientôt fini par nous rendre compte qu'il avait manifestement l'intention de tout lire ! Tandis que cette idée faisait peu à peu son chemin dans nos esprits, nous sommes restés immobiles et muets, tel un public captif – je n'arrivais pas à comprendre comment il avait réussi à écrire autant de pages en si peu de temps. Son récit se déroulait dans un univers parallèle, Jeffers, un monde peuplé de dragons, de monstres et d'armées de créatures imaginaires qui combattaient interminablement ; se succédaient de longues listes de noms comme dans certains passages de l'Ancien Testament et des pages de dialogues au ton prophétique que Kurt articulait avec beaucoup de lenteur et de gravité. Au bout d'une heure environ, je suis en quelque sorte revenue à moi et j'ai regardé le reste de l'assistance du coin de l'œil. Le feu s'était éteint et Tony dormait dans son fauteuil, tandis que Brett et Justine, la tête penchée l'une vers l'autre, avaient un air absent. Seul L paraissait attentif : figé sur son siège, les mains jointes sur ses genoux, il avait légèrement incliné la tête sur le côté. Finalement, au bout de quasiment deux heures de lecture, Kurt a reposé sur la table la dernière feuille de la pile en poussant un immense soupir, les bras ballants le long du corps et la tête rejetée en arrière, cependant que nous sortions de notre torpeur pour l'applaudir.

« C'est tout, pour l'instant, a-t-il soufflé. Qu'en pensez-vous ? »

Il était à présent une heure du matin, et que l'un de nous ait un commentaire à émettre ou pas, j'étais pour ma part réticente à ce que la soirée se prolonge davantage ! J'ai tâché de trouver une remarque à faire ne serait-ce que par politesse, mais je n'étais pas certaine de me rappeler quoi que ce soit de ce qu'il avait lu. Je m'attendais à ce que Justine au moins intervienne, mais elle n'a pas bougé, la tête de Brett posée sur son épaule, une expression distraite sur le visage, comme si ce qu'elle eût pu dire – à supposer qu'elle ait quelque chose à dire – ne pouvait être prononcé à haute voix. Tony avait ouvert les yeux, mais restait silencieux. L semblait parfaitement composé, toujours très droit et alerte sur sa chaise, les doigts enlacés sous le menton. Le silence s'est étiré, au point que j'ai cru qu'il allait finir par se casser net et, juste avant que cela ne se produise, L a pris la parole.

« C'est vraiment beaucoup trop long », a-t-il énoncé de sa voix basse, paisible.

J'imagine que Kurt n'avait pas réfléchi un seul instant au fait que la longueur puisse être un sujet de préoccupation lorsqu'on produit de la littérature – au contraire, il s'était probablement dit que c'était bon signe !

« C'est nécessaire, a-t-il répondu, non sans raideur.

— Mais c'est terminé, à présent. Dans ce cas, pourquoi ? Pourquoi cela doit-il prendre autant de temps ?

— C'est ainsi que le récit se déroule, a dit Kurt, qui paraissait plutôt déconcerté. Ce n'était que la première partie. »

L a haussé les sourcils et esquissé un petit sourire.

« Mais mon temps m'appartient, a-t-il précisé. Prends garde à ce que tu demandes aux autres d'endurer. »

Sur ces mots, il s'est calmement mis debout et nous a souhaité à tous une bonne nuit avant de disparaître dans l'obscurité ! Pendant quelques instants, Kurt est resté planté là, sans un geste, le visage pâle, affligé. Justine s'est secouée pour se lancer dans une remarque apaisante quelconque, mais il a levé une main pour la faire taire. Il a ensuite jeté des regards terribles alentour, comme si la pièce était pleine d'assaillants ennemis qui resserraient leur étau. Puis il a saisi sa liasse de papier, l'a coincée sous son bras et a filé lui aussi dans l'obscurité ! Justine m'a raconté plus tard que le livre de Kurt était la copie tout à fait fidèle d'un roman qu'ils avaient tous deux lu quelques mois auparavant : selon elle, il n'avait pas vraiment eu conscience de ce qu'il faisait, et quand les idées lui étaient venues il s'était figuré qu'il les avait lui-même imaginées, non qu'il se les était simplement remémorées. Le lendemain, on ne l'a pas vu derrière la fenêtre du bureau. Il a fait une apparition dans la cuisine, vêtu de sa tenue ordinaire, et a gardé ses distances vis-à-vis de tout le monde. En le voyant errer, solitaire et triste, dans le jardin, je suis sortie le rejoindre, car il me faisait à présent de la peine ; aurais-je dû veiller davantage sur lui ? Un homme comme Kurt est capable de faire naître en moi un tel sentiment de culpabilité, Jeffers ! En vérité, dans un autre compartiment de mon esprit, j'envisageais de procéder à sa complète disparition en l'emmenant de force à la gare, où je lui aurais acheté un billet pour le renvoyer directement au sein de sa famille si parfaite ; ma réaction de culpabilité était campée face à cette impulsion, et toutes deux s'observaient sombrement.

« C'est entièrement la faute de cet homme », a-t-il déclaré, à ma grande surprise, quand je l'ai découvert, tel un immense nain de jardin, juché sur un rocher près du petit cours d'eau qui traverse le verger.

Je lui ai demandé s'il voulait parler de L, et il a hoché la tête d'un air malheureux.

« Il m'a donné toutes sortes de conseils bizarres.

— Quoi, par exemple ?

— Il m'a dit d'arrêter d'être une… une *chiffe molle*, a répondu Kurt. C'est l'expression qu'il a employée. J'en ignorais le sens, et j'ai consulté un dictionnaire. Il m'a dit que si je voulais que ma relation avec Justine s'améliore, il fallait que je me trouve une maîtresse et que la meilleure maîtresse qui soit, c'est le travail. En fait, je croyais que Justine ne m'aimait plus et je l'ai avoué à L, c'est comme ça que tout a commencé. Selon lui, je devais essayer d'écrire, parce que ça ne coûte pas cher et qu'on n'a pas besoin de talent particulier.

— Et qu'a-t-il dit d'autre ?

— Que je ne devais jamais dévoiler mes pensées à Justine. Que si elle était gentille avec moi, alors je pouvais l'être en retour. Mais si elle ne l'était pas, je devais la briser. Il a dit que je devais briser sa volonté, et qu'il faut pour cela toujours faire le contraire de ce qu'elle espère ou veut que je fasse. C'est un homme affreux, a ajouté Kurt en me fixant de ses yeux écarquillés par la terreur. Il a l'intention de vous détruire.

— Me détruire ?

— C'est ce qu'il affirme. Mais je l'en empêcherai ! »

Ma foi, je ne savais par quel bout prendre cet épanchement inattendu, sauf que j'avais bel et bien reconnu le passage qui parlait de briser la volonté d'autrui. En vérité, Jeffers, une partie de moi aspirait à la destruction, alors même que je craignais que toute une réalité s'effondre dans le même temps, la réalité qui appartenait aussi à d'autres personnes et à d'autres choses – tout l'écheveau d'actes et d'associations qui renfermait à la fois le passé et le futur, et qu'obstruaient les nombreuses traces laissées par la vaste et sordide fuite du temps ; un écheveau qui, sans qu'on sache pourquoi, ne parvenait pourtant jamais à capturer l'instant vivant. La partie de moi dont je voulais me débarrasser était celle qui avait toujours été présente, et je crois que là résidait l'essence du sentiment que je partageais avec L, ainsi qu'il l'avait lui-même expliqué au cours de notre première conversation. Il existait une réalité supérieure, songeais-je, par-delà, derrière ou en deçà de la réalité que je connaissais, et il me semblait que si j'arrivais à me frayer un passage jusqu'à elle j'aurais vaincu une douleur endurée depuis toujours. Je n'avais plus l'impression qu'il s'agissait d'une chose susceptible d'être appréhendée par la seule pensée – le psychanalyste avait emporté cette idée avec lui, le jour où il s'était enfui dans la rue. Il fallait de la violence, la destruction tangible de la partie souffrante, tout comme le corps a parfois besoin d'être opéré pour guérir. Il m'apparaissait que c'était la forme que la liberté revêtait par nécessité, la forme ultime, après que toute autre tentative pour l'atteindre a échoué. J'ignorais la nature de cette violence ou comment elle pouvait être infligée ; je savais seulement que quelque chose, dans la menace de L, en était apparemment la promesse.

J'ai demandé à Kurt s'il aimerait rentrer chez lui pendant quelque temps et, auquel cas, s'il voulait que je l'aide à organiser son voyage.

« Je ne peux pas vous abandonner, a-t-il répondu. Ce serait trop dangereux. »

Je lui ai assuré que tout irait très bien et que Tony me protégerait si besoin était, mais il est resté inflexible : il était contraint de rester afin de prévenir ma possible destruction. Plus tard ce jour-là, Justine est venue me voir parfaitement indignée : pourquoi cherchais-je à renvoyer Kurt chez lui derrière son dos ? J'ai tenté de me défendre et, d'une manière ou d'une autre, la petite structure d'amour que nous avions bâtie ensemble a été démolie, exigeant d'être entièrement reconstruite.

Après que j'ai rencontré Tony, il m'a écrit presque tous les jours pendant un bon mois, en attendant que la situation me permette de retourner le voir, car je vivais assez loin à l'époque. Ses lettres, extrêmement bien rédigées et poétiques, m'ont beaucoup étonnée, autant que la régularité avec laquelle elles arrivaient. C'était comme s'il battait un tambour, fermement et sans interruption, et que je l'entendais par-delà tous les kilomètres qui nous séparaient, si bien que je prenais peu à peu conscience qu'il me convoquait. Avec les lettres de Tony, j'ai fait pour la toute première fois l'expérience de la satisfaction – découvert que mes espoirs et mes désirs les plus secrets étaient comblés, de même que le sentiment que tant de choses étaient possibles dans la vie. Elles étaient toujours plus nombreuses, plus longues, plus belles et plus ponctuelles que ce à quoi je m'étais attendue, et elles ne me décevaient jamais. Je ne savais pas exactement ce que Tony m'apporterait, mais jamais je n'aurais imaginé que ce puisse être cette rivière scintillante de mots qui courait en moi, m'irriguait et me ramenait lentement à la vie. C'est ce qui me permet, encore aujourd'hui, de vivre avec son silence, car je sais que cette rivière existe, et que moi seule suis autorisée à posséder ce savoir.

Au cours de ces semaines étranges passées avec L, j'ai souvent repensé aux lettres de Tony et aux débuts de notre amour. Même si cela n'a été qu'une affaire de mois, cette époque a été si vaste et lumineuse qu'elle a éclipsé des décennies entières de ma vie, à la manière d'un immense édifice érigé au centre d'une ville et que l'on voit à des kilomètres à la ronde. Dans un certain sens, la prodigalité de cette structure la plaçait complètement hors du temps, et j'entends par là qu'elle s'y trouve encore : si je peux la visiter et y vivre des heures durant, c'est en partie parce que les fondements sur lesquels elle repose sont faits de langage. En ce moment, je bâtis ici un autre édifice, Jeffers, à partir du temps que j'ai passé avec L, mais je ne suis pas tout à fait sûre de savoir de quel type de construction il s'agit ni si je pourrai retourner la visiter un jour. Arrive un moment dans la vie où l'on prend conscience que l'on se désintéresse de la fuite du temps – ou plutôt du fait que son écoulement incessant a été jusqu'alors la clé de voûte de l'illusion existentielle et que, pendant qu'on attendait de voir ce qui allait se produire, on était méthodiquement dépouillé de ce que l'on possède. Seul le langage est capable d'arrêter le cours du temps, puisqu'il existe à l'intérieur du temps, est composé de temps et pourtant demeure éternel – ou peut l'être. Une image aussi est éternelle, mais elle n'a pas de relation avec le temps – elle le désavoue, ainsi qu'elle le doit, car comment serait-il réellement possible d'examiner ou d'appréhender, dans le monde concret, le bilan du temps, celui-là même qui a produit l'instant perpétuel de l'image ? Toutefois, la nature spirituelle de l'image nous attire à elle, tout comme le fait notre propre vue, en promettant de nous délivrer de nous-mêmes. Au cœur de la réalité concrète de ma vie avec Tony, je sentais de nouveau l'attrait exercé par la prodigalité qui cette fois émanait de L – pourtant, tandis que le langage de Tony s'était écoulé vers moi et en moi, l'appel de L était tout le contraire. C'était l'appel encore imparfait venu de quelque néant ou mystère.

Cet appel s'était extrêmement affaibli à mesure que passaient les jours, et alors même que je commençais à croire que je ne l'entendais plus du tout et que L était redevenu un inconnu à mes yeux, je l'ai inopinément rencontré alors qu'il se promenait dans le marais. J'étais descendue ramasser les frondes de certaines algues comestibles qui poussent autour des criques afin de les cuisiner pour le dîner – je suis toujours très fière de cette activité, Jeffers, qui parfois me semble être la seule façon dont je puisse me rendre utile –, quand il est apparu à un tournant du sentier. Il portait une tenue plus décontractée que d'habitude, son visage avait quelque peu rougi au soleil et, dans l'ensemble, il avait l'air plus humain et moins diabolique qu'à l'ordinaire. Le bas de son pantalon était retroussé et il tenait ses souliers à la main ; il s'était rendu, m'a-t-il dit, jusqu'à l'une des barres de sable durant la marée montante et il avait dû patauger dans l'eau pour rebrousser chemin !

« Et ensuite, en revenant sur mes pas, j'ai entendu des tirs », a-t-il continué, hors d'haleine, trouvant apparemment tout cela assez palpitant. « J'ai regardé autour de moi pendant un moment sans voir personne. Les coups de feu, isolés, semblaient venir de différents endroits. Je me suis dit que j'avais d'abord failli me noyer, et que je devais maintenant tenir tête à un ou plusieurs tireurs. Dois-je en avertir quelqu'un ? »

Alors qu'il prononçait ces mots, une forte détonation a retenti depuis le champ situé derrière lui, et il a tressailli.

« Ça recommence », a-t-il constaté.

Je lui ai expliqué qu'il s'agissait simplement d'un effaroucheur, l'un des canons à gaz que les agriculteurs placent dans leurs champs à cette époque de l'année pour tenir les oiseaux à distance de leurs cultures. J'étais habituée à ce son, qui me faisait à peine sursauter, et, dans cet état de semi-conscience, je pouvais le prendre pour toutes sortes de choses différentes. Quelquefois, lui ai-je confié, j'aimais à imaginer que des hommes mauvais se faisaient sauter la cervelle les uns après les autres.

« Oh, a-t-il fait, m'adressant à contrecœur un demi-sourire. Les individus de ce genre ne font pas ça. De toute manière, vous les apprécieriez probablement si vous appreniez à les connaître. Rien de ce qui est mal ne meurt jamais. Surtout pas de remords. »

En voyant ses mollets striés de vase jusqu'aux genoux, je lui ai conseillé de prendre garde aux marées, qui se révélaient dangereuses quand on ignorait où se trouvaient les sentiers.

« J'essayais de rejoindre le bord », a-t-il répondu, détournant son regard de moi pour le diriger vers l'horizon, qui s'étalait comme une traînée indistincte dans la brume. « Mais il n'y a pas de bord. On s'épuise simplement à suivre la lente courbure du paysage. Je voulais voir à quoi ressemblait cet ici depuis ce là-bas. J'ai parcouru une longue distance, mais il n'y a pas de là-bas – il se dissout, en quelque sorte, n'est-ce pas ? Il n'y a absolument aucune démarcation dans cet endroit. »

J'ai attendu en silence qu'il reprenne la parole, ce qu'il a fait au bout d'un temps infini :

« Vous savez, quantité de personnes se mettent une idée fausse en tête au moment où elles s'engagent dans le tournant du milieu de la vie. Elles voient une espèce de mirage et entrent dans une nouvelle phase de construction, alors qu'en fait c'est la mort qu'elles construisent. C'est peut-être ce qui m'est arrivé, en fin de compte. J'ai soudain vu, tout là-bas, l'illusion de cette structure mortuaire », a-t-il dit en pointant le doigt vers la forme bleue, lointaine, de la marée descendante. « Je regrette de ne pas avoir compris plus tôt comment parvenir à la dissolution. Pas seulement celle de la démarcation, mais d'autres choses encore. J'ai fait l'inverse, car je croyais qu'il me fallait résister à l'usure. Plus j'essayais de créer une structure, plus j'avais l'impression que tout pourrissait autour de moi. Je pensais créer le monde, et mal m'y prendre, et en définitive c'était seulement ma propre mort que je créais. Mais il n'est pas nécessaire de mourir. La dissolution a l'apparence de la mort, mais, en réalité, elle est son contraire. Au départ, je ne m'en suis pas aperçu. »

Tandis que L s'exprimait ainsi, Jeffers, un frisson m'a parcourue car ces paroles me donnaient raison – j'avais *su* qu'il comprendrait le marais ! C'était une matinée grise, venteuse, et ce paysage ne dégageait absolument rien de mystérieux dans cette lumière ordinaire, crue. Il me paraissait pour ainsi dire technique, et c'était cette même technicité terre à terre qui me réjouissait le cœur, car le fait que L et moi regardions la même chose me rassurait. J'ai vu ce marais atteindre le suprême degré du sublime – selon l'atmosphère, la lumière et le temps –, de sorte qu'il a déjà suscité en moi toutes les émotions possibles, mais quand il revêt ses couleurs les plus uniformes, comme c'était le cas ce matin-là, sa réalité est indubitable. À ma connaissance, L n'avait jusqu'alors produit aucune œuvre ayant le marais pour objet – mais il a déclaré que sa période consacrée au portrait avait pratiquement atteint son terme. Il n'y avait pas assez de modèles dans les environs, a-t-il dit, à l'exception de personnes trop prises par leur travail pour poser pour lui – là était le problème. Il ignorait pourquoi il ne l'avait pas saisi d'emblée. Maintenant qu'il avait peint Tony, Justine et Kurt, il avait quasiment épuisé son répertoire, à moins de se rendre en ville pour y enlever d'autres sujets.

«J'ai envisagé de peindre des individus qui ne sont plus là. Cette pensée m'écœure. Mais si je pouvais surmonter cet écœurement…»

Je lui ai rappelé qu'il y avait ici un sujet humain qu'il n'avait pas encore tenté de représenter – moi-même ! Il avait déjà affirmé ne pas parvenir à me voir, sans jamais s'expliquer sur ce point, et j'étais parfaitement consciente qu'il évitait toute proximité physique avec moi. Dans les histoires sentimentales, afin de développer l'intrigue amoureuse, on emploie souvent comme procédé narratif le fait qu'une personne en évite une autre, l'idée étant que certaines natures révèlent quel est l'objet de leur désir en donnant l'impression de le dédaigner. Les auteurs de pareilles intrigues jouent décidément sans vergogne sur des fantasmes tant optimistes que tragiques ! Pour ma part je ne me leurrais pas, consciente que L ne refoulait nulle attirance pour moi, mais je trouvais vraiment curieux de constituer un tel obstacle à ses yeux. Je me demandais presque si la disparition de cet obstacle était susceptible de l'aider à aller de l'avant, raison pour laquelle je n'avais pas particulièrement honte de lui suggérer de me mettre dans un cadre, comme il l'avait fait avec Tony. Cette impression avait été renforcée après que Kurt, le jour où je l'avais rejoint dans le verger, m'avait appris que L souhaitait me détruire. Mais pourquoi ne se manifestait-il pas ouvertement en me disant pourquoi, selon lui, ma destruction était indispensable ?

Il n'a pas répondu tout de suite à ma remarque, et pendant un moment il est resté immobile, les bras fermement croisés, le visage tourné face au vent et à la lumière dure, sans relief, comme s'il trouvait du réconfort dans ce malaise. Peindre autrui, a-t-il fini par dire, était un acte qui relevait à la fois de l'examen rigoureux et de l'idolâtrie, et au cours duquel – du moins pour lui – il fallait à tout prix maintenir la froideur de la séparation. C'était pour cette raison que les artistes qui peignaient leurs enfants l'avaient toujours particulièrement perturbé. Quand on tombe amoureux, a-t-il précisé, on fait l'expérience de cette froideur, qui procure le plus grand frisson qui soit, une fascination pour un sujet qui peut encore être vu comme distinct de soi. Plus l'être aimé devient familier, moins il est possible de ressentir ce frisson. Autrement dit, l'adoration précède la connaissance, et dans la vie cela incarne la perte ou l'abandon – originel, complet – de toute objectivité, qu'accompagne ensuite une bonne dose de réalité cependant qu'est révélée la vérité. Un portrait s'apparente davantage à un acte de promiscuité, au sein duquel froideur et désir coexistent jusqu'au bout, et puisque cela exige une certaine dureté de cœur, L avait pensé que cette voie lui convenait en ce moment. Quelle qu'ait été la promiscuité dans laquelle il avait pu se complaire plus jeune, il s'était fait des illusions, parce que l'endurcissement de son cœur avec l'âge était d'une tout autre ampleur. Le trait de caractère qui l'attirait désormais était l'indisponibilité, la profonde indisponibilité morale de certains individus, si bien que les posséder revenait en fait à s'emparer d'eux et à violer leur nature intouchable – ou du moins à faire l'expérience de celle-ci. Le dégoût lui venait aisément ces temps-ci : il en regorgeait tant qu'il en fallait peu pour qu'il en déborde, or il se demandait parfois si on ne lui présentait pas ainsi la facture de son enfance, époque durant laquelle, année après année, il avait contenu ce dégoût en lui. Quel qu'en soit le motif, a-t-il continué, cette nature intouchable était une qualité qui servait d'antidote contre ce dégoût, contre cet écœurement qui le gagnait chaque fois qu'il flairait la puanteur de la familiarité humaine.

Tandis qu'il parlait, un sentiment de rejet et d'abandon des plus abjects avait peu à peu grandi en moi, car, sous le couvert de toutes ses explications, je comprenais ce qu'il disait vraiment : mon corps flétri de femme le dégoûtait, et c'était la raison pour laquelle il me tenait à distance, au point d'être même incapable de s'asseoir près de moi !

« Cela vous surprendra peut-être de l'apprendre, mais je cherche moi aussi un moyen de parvenir à la dissolution », ai-je répliqué d'un ton indigné, tandis que des larmes jaillissaient de mes yeux. « Voilà pourquoi je voulais que vous veniez ici. Vous n'êtes pas le seul à l'éprouver. Vous ne pouvez pas m'effacer ainsi, simplement parce que vous êtes écœuré à ma vue – je suis tout aussi intouchable que n'importe qui d'autre ! Je n'existe pas pour être vue par vous, alors n'allez pas vous leurrer sur ce point, car je suis celle qui essaie de se libérer du regard que vous posez sur moi. Vous iriez mieux si vous pouviez me voir telle que je suis, mais cela vous est impossible.

Votre regard tient du meurtre, et je ne veux plus être tuée désormais. »

Sur ce, j'ai enfoui mon visage entre mes mains et j'ai pleuré !

Eh bien, j'ai appris une chose ce matin-là : un artiste a beau se permettre de devenir méchant et odieux sur le plan humain, il existe encore en lui une part qui reste capable de pitié – ou plus précisément, une fois que cette part n'est plus, son art disparaît lui aussi. Le test le plus authentique auquel on peut soumettre une personne est celui de la compassion. Est-ce vrai, Jeffers ? En tout cas, L s'est montré extrêmement bienveillant avec moi ce matin-là ; il a même passé ses bras autour de moi et m'a laissé verser des larmes contre sa poitrine pendant qu'il me caressait les cheveux.

« Allons, allons, chérie. Ne pleurez pas », a-t-il dit d'une voix douce et gentille, ce qui m'a fait sangloter de plus belle.

J'ai trouvé tout à fait troublante cette proximité physique, puisqu'il m'avait peu à peu semblé qu'il était exclu que nous nous touchions un jour, même par inadvertance. Cela m'a plutôt déplu, d'être touchée par lui. La question du dégoût, que j'avais essayé d'étouffer, a de nouveau été soulevée, sauf que cette fois j'ai eu l'impression que c'était moi qui éprouvais de l'aversion pour lui. Sans doute ne connaissait-il pas d'autre façon de toucher une femme – et qui sait ? peut-être est-ce le cas de tous les hommes, lorsque leur moi automatique se met en branle. Je ne voulais pas de ce contact d'automate, dont il avait déjà usé avec d'autres. Je me suis dégagée de son étreinte dès que je l'ai pu, me suis assise dans l'herbe et, la tête sur les genoux, j'ai versé d'autres larmes. Au bout d'un moment, L s'est installé à côté de moi et, dans le silence, le spectacle et les sons apaisants qu'offrait le marais sont nettement ressortis : les herbes ondoyantes tachetées de papillons, le lointain susurrement de la mer, les lambeaux de chants d'oiseaux, les appels des oies et des goélands.

« Il est bon d'être assis là pour observer ce monde de douceur, a dit L. Nous nous épuisons tant. »

Assise près de lui, j'ai entrepris de lui parler du jour où, tant d'années plus tôt, j'avais déambulé dans un Paris matinal et ensoleillé avant de tomber sur des salles remplies de ses tableaux ; je lui ai dit ce que j'avais ressenti en découvrant l'affinité singulière que ces images avaient fait naître en moi, comme si mes véritables origines m'avaient soudain été dévoilées. Ces mêmes images m'avaient donné l'impression que je n'étais plus seule avec ce que j'avais gardé en moi, jusqu'alors, en secret. L'aveu de ce secret dans son œuvre, ai-je dit, avait entraîné un changement de direction dans ma vie, car soudain le secret me paraissait plus puissant que les choses qui l'avaient dissimulé. Mais ce changement de cap avait été beaucoup plus pénible et brutal que j'aurais pu le prévoir, et il m'avait parfois semblé que je m'étais engagée sur une voie désastreuse, or ce que je n'arrivais pas à comprendre, c'était comment la simple révélation d'une vérité intime pouvait conduire à tant de souffrance et de cruauté, alors que chercher à vivre dans un état de vérité était assurément inoffensif sur le plan moral.

Depuis, ai-je dit, j'avais appris qu'il était naïf d'espérer que les autres m'autorisent tout bonnement à changer si ces changements contrariaient directement leurs intérêts propres et, lorsqu'il m'avait été révélé que ma vie entière, en apparence fondée sur l'amour et la liberté de choix, était en réalité une façade dissimulant un égoïsme des plus lâches, cela m'avait profondément bouleversée. Le mal que causent certaines personnes qu'on a offensées ou auxquelles on a arraché ce qu'elles désiraient est illimité, ai-je ajouté, et le fait est que, par le passé, on a apprécié ces personnes ou choisi de vivre parmi elles : telle est l'une des énigmes et des tragédies essentielles de l'existence. Pourtant, cela reflète seulement les conditions et les substances mêmes qui composent notre humanité – lorsque l'égoïsme et la malhonnêteté tentent de se reproduire en nous et de continuer à prospérer en ce monde. Autant devenir folle que d'essayer de résister à cette tentative, ai-je dit.

« Êtes-vous devenue folle ? a demandé L.

— Non, pas à l'époque. Même si cela pourrait encore m'arriver un jour, je suppose. »

Je lui ai expliqué que j'avais machinalement cru – ou, plus exactement, présumé – que le père de Justine était quelqu'un de gentil, ou du moins de convenable. Il est si facile, Jeffers, de croire cela des hommes qui se conforment à notre vision de la normalité ! Je ne pense pas qu'on accepte ainsi une femme sur la seule base de la confiance qu'elle inspire, sauf par l'intermédiaire de l'idée qu'on se fait de son asservissement. Cependant, moins d'un mois après être rentrée de Paris et avoir annoncé vouloir changer l'ordre des choses, j'avais perdu mon foyer, mon argent, mes amis ; or je n'imaginais pas que de plus grandes épreuves encore m'attendaient. Alors âgée de quatre ans, Justine était capable d'exprimer une opinion ; un jour qu'elle était chez son père – car notre maison était la sienne désormais –, il m'a appelée pour m'informer qu'elle refusait que je vienne la chercher, contrairement à ce qui avait été prévu. Il me l'a même passée au téléphone afin que je puisse l'entendre me le dire. Je n'ai récupéré Justine qu'un an plus tard, Jeffers, et durant ce laps de temps j'allais souvent me cacher, tel un spectre, près des grilles de son école dans l'espoir de l'apercevoir, jusqu'au jour où il m'a vue par hasard tandis qu'il en sortait, main dans la main avec elle ; il a pointé le doigt sur moi et lui a dit :

« C'est cette horrible femme – sauve-toi, Justine, sauve-toi ! »

Et tous deux se sont enfuis dans la rue ! C'est alors que j'ai tenté de mettre fin à mes jours, mais je n'ai pas réussi à mourir – les mères en sont incapables en réalité, à moins que cela ne survienne par accident. Plus tard, j'ai découvert qu'il l'avait terriblement négligée durant toute cette période et fréquemment laissée seule des heures durant, comme s'il avait conservé cette partie de moi que Justine incarnait dans le seul but de pouvoir faire la preuve de sa cruauté et de son indifférence à son égard. Telle était ma peine, Jeffers, et je l'ai confiée à L entre deux crises de larmes, alors que nous étions assis là dans le marais. Je voulais qu'il entende que cette volonté qui était la mienne et contre laquelle il s'élevait autant avait survécu après qu'on avait maintes fois essayé de la briser, et qu'à ce stade je lui attribuais ma propre survie et celle de mon enfant. Elle avait de même attiré sur moi désastre et dépossession – mais mieux valait être dépossédée que vivre une situation où la haine porte le masque de l'amour ! Perdre ma volonté reviendrait à perdre mon emprise sur la vie – à devenir folle –, et je ne doutais pas qu'elle puisse un jour se briser de son propre chef, ai-je dit à L ; je soupçonnais toutefois que la folie d'une femme représente le refuge ultime du secret masculin, l'espace où il préférerait détruire cette femme plutôt que d'être découvert, or je n'avais désormais plus la moindre intention d'être détruite de cette manière – j'aimerais autant me détruire moi-même, ai-je ajouté, si Justine était en mesure de comprendre les raisons de cet acte. Ce que je voulais plutôt, c'était que L m'affronte sur la base de la reconnaissance que j'avais ressentie ce jour-là à Paris – je voulais être reconnue par lui, parce que j'avais beau éprouver de la gratitude pour Tony et Justine ainsi que pour mon existence dans le marais, mon individualité m'avait tourmentée toute ma vie durant en exigeant d'être reconnue.

« D'accord, a-t-il murmuré après un long silence. Passez me voir plus tard afin que je vous regarde. Portez une tenue ajustée », a-t-il ajouté.

Sur ce, Jeffers, j'ai saisi mon sac d'algues, je me suis levée d'un bond et j'ai couru vers la maison dans un état de joie pure – je me sentais tout à coup si légère et soulagée que j'ai cru pouvoir m'envoler jusqu'au soleil ! Tout paraissait transformé, la journée, le paysage, la signification de ma présence dans ce lieu, comme s'il avait été mis sens dessus dessous. J'étais semblable à quelqu'un qui, pour la première fois, marche sans souffrir après une maladie interminable. J'ai traversé la pelouse au pas de course, longé les parterres de fleurs et, en tournant le coin de la maison, je suis tombée sur Tony.

« C'est une journée splendide, pas vrai ? lui ai-je dit. Tu ne trouves pas que tout est splendide ? »

Il m'a longuement dévisagée d'un œil particulièrement pénétrant.

« On dirait que tu as besoin d'aller t'allonger un moment, a-t-il conseillé.

— Mais enfin, Tony, ne sois pas absurde – je déborde

d'énergie ! me suis-je écriée. J'ai l'impression que je pourrais construire une maison, abattre tous les arbres d'une forêt ou encore... »

Incapable de tenir davantage en place, je suis rentrée précipitamment et j'ai fait irruption dans la cuisine, où Justine et Kurt, debout devant le plan de travail, écossaient paisiblement la montagne de petits pois qui venaient d'être récoltés dans le potager.

« Tout est si beau dehors, vous ne trouvez pas ? Je me sens tellement vivante aujourd'hui ! »

Tous deux ont levé la tête et m'ont regardée avec stupeur ; j'ai déposé mon sac d'algues sur le plan de travail et je suis repartie en courant, j'ai gravi l'escalier pour me rendre dans ma chambre, refermé la porte derrière moi avant de me laisser tomber sur le lit. Pourquoi personne ne voulait-il que je sois heureuse ? Pourquoi étaient-ils tous aussi désapprobateurs dès l'instant où je montrais de l'effervescence et de l'entrain ? Ces pensées entamèrent un peu ma belle humeur. Assise sur mon lit, je me suis remémoré ma conversation avec L et j'ai de nouveau réfléchi au sentiment que son attention m'avait procuré – un précieux sentiment de bien-être. Oh, pourquoi vivre était-il si douloureux, et pourquoi se voyait-on offrir ces instants de bien-être pour ensuite devoir mesurer à quel point, le reste du temps, la douleur nous accablait ? Pourquoi était-il si difficile de vivre jour après jour avec d'autres êtres, de ne pas oublier qu'on était distinct d'eux et que c'était là l'unique existence mortelle qu'on aurait jamais ?

Somme toute, je me suis aperçue que Tony avait raison et que j'avais effectivement besoin de m'étendre tranquillement ; une fois allongée, j'ai respiré et savouré cette merveilleuse sensation de légèreté, comme si on m'avait ôté du corps quelque grosse tumeur maligne. Au bout du compte, le fait que cette tumeur avait été présente et qu'elle avait maintenant disparu ne regardait que moi – je devais apprendre à vivre davantage en moi-même, voilà ce qui importait. Tous les autres, me semblait-il, vivaient parfaitement heureux en eux-mêmes. J'étais la seule qui allais à vau-l'eau comme un esprit errant, chassée hors de la demeure de mon être pour être ballottée par chacun des mots, des humeurs et des caprices d'autrui ! La sensibilité m'a tout d'un coup fait l'effet d'être la plus terrible des calamités, Jeffers, fourrageant en quête de vérité dans un million de vains détails, alors qu'il n'y avait en réalité qu'une unique vérité, laquelle résistait à toute tentative de définition. Il n'y avait plus que cette absence ou cette légèreté que les mots fuyaient et que j'ai sentie, étendue sur mon lit, et j'ai essayé de ne pas trop m'appesantir sur sa nature ni sur la description qu'on pouvait en faire.

Mais nous vivons à l'intérieur du temps – impossible de nous y soustraire ! Pour finir, il a bien fallu que je me lève et que je descende au rez-de-chaussée, où j'ai dû me plier aux tâches ménagères habituelles et à la mise en scène de soi-même que toute cohabitation requiert ; une chose en entraînant une autre, l'après-midi touchait à sa fin quand j'ai pu envisager de partir pour la dépendance afin d'honorer mon rendez-vous avec L. Durant toutes les corvées et les heures qui avaient précédé, j'avais été consciente qu'un grand changement s'était opéré en moi, et je ne cessais d'espérer que quelqu'un s'en apercevrait. La pensée du regard de L posé sur moi m'avait incitée à me regarder moi-même, et parce que je pouvais me voir je m'attendais à ce que les autres en soient eux aussi capables ! Mais ils se conduisaient comme à l'ordinaire, même Tony, et quand je suis discrètement montée dans ma chambre pour me changer, tout paraissait si normal que je demeurais convaincue que mes faits et gestes l'étaient également.

En ouvrant mon armoire à vêtements, j'ai soudain été gagnée par l'appréhension à la perspective d'essayer de trouver ce que je voulais, tant j'étais certaine que ce que je voulais n'y était pas. Je l'ai déjà dit, Jeffers, à un moment de ma vie, j'avais renoncé à apprendre le langage vestimentaire, et si on m'avait fourni un uniforme, je l'aurais volontiers endossé tous les jours ; au lieu de quoi j'avais conçu une sorte d'uniforme très personnel, dans la mesure où tout ce que je possédais était plus ou moins identique. Rien ne correspondait cependant à la description de L, qui m'avait demandé de mettre une tenue ajustée et, tandis que je fouillais désespérément dans le placard, je me suis rappelé que mes vêtements étaient effectivement plus ajustés avant mon arrivée dans le marais et que, la dernière fois où j'avais porté quelque chose dans ce genre, c'était le jour où j'avais épousé Tony ! À cette pensée, j'ai subitement laissé échapper des larmes et éprouvé un affreux sentiment de délitement, tout au fond de moi. Tony ne m'appréciait-il pas en tant que femme dotée d'une silhouette féminine ? Portais-je dorénavant des vêtements informes pour manifester une sorte de renoncement à la sexualité et à la beauté ? Plongeant les mains dans les profondeurs du placard avec une certitude soudaine, instinctive, j'en ai retiré la robe même dans laquelle je m'étais mariée – j'avais complètement oublié que je l'avais rangée là. Elle était belle, simple, moulante et, maintenant que je m'en étais emparée, j'ai su qu'elle convenait parfaitement, alors même que m'assaillaient des vagues d'émotions contraires : la plus impérieuse de toutes était une sorte de chagrin indéfinissable pour ceux que nous avions été à l'époque, Tony et moi, comme si ces personnes n'existaient plus.

Remplie d'audace, j'ai enfilé la robe ; j'étais en train de me recoiffer devant le miroir quand Tony est entré. Il est rare qu'il soit animé ou perturbé et, en cette occasion, il ne dérogeait pas à la règle. Je me demandais s'il serait trop ému à la vue de ma robe, auquel cas peut-être ne s'apercevrait-il pas que je l'avais revêtue pour un autre ; il s'est néanmoins contenté de relever légèrement la tête, de m'observer un instant avant de déclarer :

« Tu portes ta robe.

— L a enfin proposé de faire mon portrait, ai-je répondu en m'efforçant de ne pas montrer mon grand trouble. Il m'a dit d'enfiler une tenue ajustée, et je crois que c'est la seule que je possède ! »

J'ai décidé qu'il valait mieux ne pas en dire davantage, même si une partie de moi brûlait aussi de recevoir les compliments de Tony, de s'asseoir avec lui, de parler des personnes que nous avions été autrefois et de s'interroger sur leur existence présente. Mais je n'en ai rien fait ; tandis qu'il digérait l'information que je venais de lui fournir, je me suis glissée à côté de lui pour quitter hâtivement la chambre et m'engager dans l'escalier. Le temps s'était un peu couvert dans l'après-midi et à présent, en ce tout début de soirée, une vague obscurité s'était abattue sur le bosquet. Je me suis demandé si le manque de lumière aurait une incidence sur ma séance de pose avec L et s'il insisterait pour l'annuler, également s'il serait effectivement là car, maintenant que j'y réfléchissais, je me rendais compte que nous n'avions pas fixé d'horaire précis. Je suis sortie de la maison et j'ai filé sur le sentier en pente qui mène sous les arbres ; j'ai vu que toutes les lumières de la dépendance étaient allumées, formant une immense masse qui rayonnait dans la distance. L'air caressait mes épaules et mes bras découverts, mes cheveux tombaient dans mon dos nu – un contact auquel je n'étais pas accoutumée –, et une sensation de jeunesse et de liberté a déferlé en moi pendant que je pressais le pas en direction du bosquet et du lointain cube de lumière. À cet instant, j'ai entendu derrière moi le cliquetis d'un battant qu'on ouvrait, je me suis immobilisée et, me retournant, j'ai levé la tête. Debout à la fenêtre de notre chambre, Tony, le regard baissé vers moi, m'observait de toute sa hauteur. Nos yeux se sont croisés et, en tendant dans ma direction un bras effroyable, il a tonné :

« REVIENS ICI ! »

L'espace d'une seconde, je suis restée pétrifiée, les yeux rivés aux siens. Puis j'ai fait volte-face et me suis sauvée parmi les arbres, furtive et honteuse comme un chien fugitif. J'ai rapidement traversé le bosquet pour rejoindre les fenêtres éclairées, et puisque L et Brett avaient décroché les rideaux, j'ai pu voir l'intérieur de la dépendance de plus en plus distinctement à mesure que j'avançais. En premier lieu, j'ai vu que les meubles avaient été poussés contre les placards et les étagères, puis j'ai vu deux silhouettes, celles de L et de Brett, se déplaçant de si étrange manière à travers la pièce que j'ai d'abord cru qu'ils dansaient. Mais ensuite, en approchant, j'ai pu constater qu'ils peignaient – et, qui plus est, qu'ils peignaient les murs de la dépendance !

Ils étaient tous deux à peine vêtus, de grosses taches de

peinture barbouillaient le torse nu de L, tandis que Brett, qui portait un caraco et un slip, avait noué un foulard dans ses cheveux. Pendant que je les observais, L, d'un geste sauvage, s'est essuyé le dos de la main en travers de son nez, laissant aussi sur son visage une longue traînée de peinture. Brett l'a pointée du doigt et s'est tordue de rire. Ils se servaient du petit escabeau qu'ils avaient dû aller chercher dans l'appentis pour atteindre la partie la plus haute des murs, déjà à moitié recouverts d'un tourbillon grandissant de couleurs criardes et de motifs. Je me suis arrêtée et suis restée clouée sur place, incapable de détacher les yeux du spectacle qui s'offrait à travers les vitres. J'ai vu se dessiner des arbres, des plantes et des fleurs – arbres dotés de grandes racines tordues, intestinales, fleurs charnues et obscènes, aux grosses étamines roses pareilles à des phallus –, ainsi que des animaux étranges, oiseaux et bêtes aux formes et aux teintes surnaturelles ; au milieu de cette scène, deux personnages, un homme et une femme, debout près d'un arbre qui portait des fruits d'un rouge clinquant comme autant de bouches béantes, ainsi qu'un grand serpent replet enroulé autour de son tronc. C'était un jardin d'Éden, Jeffers, à ceci près qu'il était digne des enfers ! J'ai fait quelques pas en direction des fenêtres – j'entendais une musique discordante que dominait le son de leurs voix, qui m'arrivaient aux oreilles à la manière de braillements, de hurlements et d'éclats de rire stridents –, pendant que tous deux se mouvaient à l'intérieur de la pièce comme possédés par une énergie démoniaque, éclaboussant et maculant les murs de peinture. Ils se penchaient à présent sur le personnage d'Ève, et j'ai entendu L qui disait :

« On n'a qu'à lui faire une moustache, à cette chienne castratrice ! »

Ce à quoi Brett a ri à gorge déployée.

« La *cause* de tous les tourments, a-t-il ajouté en couvrant la lèvre supérieure de la figure d'épais traits noirs.

— Et donnons-lui un joli petit ventre bien gras, s'est écriée Brett, le ventre stérile d'une dame entre deux âges ! Elle est toute maigrichonne, mais son ventre la trahit, cette chienne.

— Une grosse moustache poilue, comme ça, on sait qui porte la culotte, a repris L. On sait qui porte la culotte, hein ? Pas vrai ? »

Sur ce, ils ont tous deux poussé des mugissements, tandis que je me tenais immobile de l'autre côté de la fenêtre, dans ma robe de mariage, à la lisière du bosquet où la nuit tombait, et que je tremblais, tremblais jusqu'à la plante de mes pieds. C'était de moi qu'ils parlaient, Jeffers, c'était moi qu'ils peignaient – j'étais Ève ! Une obscurité épouvantable a submergé mon esprit, au point que pendant un moment je n'ai plus été capable de voir, de réfléchir, de bouger. Puis une pensée m'est venue : il fallait que j'aille retrouver Tony. J'ai fait demi-tour, dévalé le sentier entre les arbres et, en approchant de la maison, j'ai aperçu deux lumières rouges dans l'allée de devant. Elles ont lui une minute durant, puis se sont peu à peu estompées, accompagnées d'un bruit de moteur. Je me suis rendu compte que c'était notre camion, que c'était Tony qui le conduisait et qu'il s'en allait ! J'ai couru en direction de l'allée et me suis arrêtée en l'appelant, mais les lumières ont disparu dans le tournant, et j'ai su qu'il m'avait quittée, qu'il était parti, et j'ignorais s'il reviendrait un jour.

Assez symboliquement, le beau temps s'est dégradé dès le lendemain et il s'est mis à pleuvoir ; je suis restée assise à la fenêtre à regarder la pluie tomber, dans une immobilité et un silence complets. À un moment, j'ai entendu le bruit d'un véhicule devant la maison et, croyant Tony de retour, je me suis précipitée dehors, mais ce n'était qu'un de ses compagnons, venu m'informer que mon mari lui avait dit de me prêter une voiture, vu qu'il était parti avec le camion. Parti ! Je suis retournée à l'intérieur et j'ai repris ma place derrière la fenêtre. Après tant de semaines chaudes et ensoleillées, cette pluie était d'une tristesse ! J'ai pensé au système d'irrigation de Tony et à la façon dont il avait maintenu ses arbres en vie jour après jour, tandis que nous autres nous nous étions réjouis du beau temps, et j'ai fondu en larmes en m'avisant de nouveau que Tony était si bon, si responsable, et nous autres si frivoles, si égoïstes. Parfois, Justine venait s'asseoir près de moi pour regarder elle aussi la pluie qui tombait, et j'ai compris que le départ de Tony l'attristait presque autant que moi. Elle m'a demandé si je savais quand il comptait revenir, et j'ai répondu que je l'ignorais. Quand il a commencé à faire nuit, je suis montée dans ma chambre où, allongée sur notre lit, j'ai essayé de parler à Tony. Là, dans l'obscurité, j'ai concentré tout mon être sur les paroles que je lui adressais dans mon cœur, avec l'espoir qu'il les entendrait, où qu'il soit.

Le jour suivant, deux autres hommes sont venus remplir les tâches de plein air de Tony et les divers travaux qu'il était toujours nécessaire d'effectuer sur nos terres. Je suis demeurée très tranquille et silencieuse, parlant à Tony dans mon cœur ainsi que je l'avais fait toute la nuit. Je n'ai pas douté un seul instant de sa loyauté ni des raisons pour lesquelles il avait agi de la sorte – ce dont je doutais, c'était de moi-même et de mon aptitude à jamais le convaincre que j'étais toujours celle qu'il avait cru que j'étais. Le problème, Jeffers, c'est qu'il est besoin d'un acte de quasi-traduction entre deux personnes aussi différentes que Tony et moi, et il est très aisé, en cas de crise, que quelque chose se perde au cours de ce processus. Comment pouvions-nous être certains de nous comprendre ? Comment savoir que ce que nous voyions et ce à quoi nous réagissions étaient semblables ? La dépendance illustrait par exemple de quelle manière nous tentions de nous accommoder à ces distinctions, parce que nous nous étions tous deux rendu compte que, dans un mariage comme le nôtre, il n'est pas toujours possible de s'abreuver à la même source. Cette situation entraînait une certaine liberté, mais aussi une forme de chagrin qui se manifestait si jamais on la soupçonnait de représenter une limite au lien qui nous unissait.

À mes yeux, ce qui nous différenciait, Tony et moi, mettait à l'épreuve ma capacité à maîtriser ma volonté propre, laquelle tendait toujours à un but : à savoir que les choses se fassent selon mon désir et ma vision, que tout soit conforme à l'idée que j'en avais. Si Tony devait se conformer à l'idée que j'avais de lui, alors il ne serait plus Tony ! J'ignore ce qui, en moi, s'apparentait à ses yeux à une épreuve semblable, et cela n'est pas mon affaire, mais je me souviens de l'époque où nous construisions la dépendance et que nous avions commencé à l'appeler ainsi, or j'étais consciente qu'il nous suffirait d'employer ce nom un peu plus longtemps pour qu'il soit définitivement adopté ; je lui ai alors dit que « dépendance » résumait assez bien ce que j'éprouvais vis-à-vis de moi-même et de ma vie – le fait que mon désir d'autonomie m'avait échappé de si peu, ce qui avait requis de ma part autant d'efforts que si j'avais pu l'exaucer, cependant que cette même autonomie, sans que je sache pourquoi, m'avait pour toujours et à jamais été refusée par une puissance que je nommais – et je n'aurais pu la définir autrement – la force du privilège. Je ne parviendrais jamais à être indépendante, et la raison de cette incapacité résidait apparemment dans certaines lois infaillibles du destin que j'étais impuissante – étant la femme que j'étais – à outrepasser. J'aurais dû m'y résigner dès le début et m'épargner tous ces efforts ! Tony m'a écoutée, et j'ai bien vu que mes paroles l'avaient quelque peu étonné et qu'il réfléchissait à présent au motif de cet étonnement ; au bout d'un long moment il a répondu :

« Ce n'est pas ce que ça signifie pour moi. Ça signifie une vie partagée. Une protection mutuelle. »

Pour tout dire, Jeffers, c'était l'illustration parfaite du paradoxe qui nous caractérise, Tony et moi, et, en mon for intérieur, j'en ai ri de bon cœur !

Quand nous nous sommes mariés, je m'en souviens, le

pasteur m'a demandé en toute confidentialité si je souhaitais supprimer le mot « obéir » de l'échange des consentements – à notre époque, beaucoup de femmes trouvaient cela préférable, a-t-il dit en me décochant une espèce de clin d'œil. J'ai répondu que non, que je tenais à le conserver, parce qu'il me semblait qu'aimer une personne signifie qu'on est prêt à lui obéir, à obéir même à un tout petit enfant, et que l'amour qui ne fait aucune promesse d'apaisement ou d'assentiment est un amour soit incomplet, soit tyrannique. La plupart d'entre nous acceptons si volontiers d'accorder notre obéissance, sans même y penser, à presque n'importe quelle entité de pacotille qui s'érige en autorité au-dessus de nous ! J'ai promis d'obéir à Tony et il a promis de m'obéir, et ce que j'ignorais, tandis que je regardais la pluie par la fenêtre, c'était si ce serment – comme c'est parfois le cas – était entièrement discrédité parce qu'il avait été rompu en une unique occasion. Dans mon cœur, je lui demandais de m'obéir et de rentrer à la maison, et cette requête m'a presque donné un sentiment de puissance, parce qu'en la formulant j'étais obligée de comprendre ce qu'il avait ressenti ce soir-là, quand je m'étais enfuie loin de lui dans le bosquet. En d'autres termes, cette demande émanait d'une personne plus éclairée que celle que j'avais été alors, et j'ai ainsi eu l'impression d'exercer une forme d'autorité qu'il entendrait et reconnaîtrait, espérais-je.

Il a plu sans interruption pendant cinq jours, la terre s'est assombrie, l'herbe a reverdi et les arbres se désaltéraient, têtes baissées, branches inclinées. L'eau qui se déversait dans les chéneaux a de nouveau coulé dans les citernes, et partout où on allait on entendait le plic-ploc constant des gouttes. Le marais se déployait dans la distance, maussade et enveloppé de nuages, même si quelquefois une barre de lumière froide et blanche y apparaissait et se consumait glacialement. C'était un spectacle mystérieux que cette forme opalescente lointaine, tellement lointaine, et si froidement rayonnante. Elle ne semblait pas émaner du soleil, et l'imprégnait une sainteté glacée que les objets qu'il illumine ne possèdent pas. Je restais la plupart du temps dans ma chambre sans voir personne, à l'exception de Justine, qui venait parfois s'asseoir près de moi. Elle m'a demandé si, selon moi, Tony était parti à cause de L.

« Il est parti parce que je l'ai ridiculisé, ai-je dit. C'est un hasard si L en a été la cause.

— Brett veut s'en aller elle aussi, m'a confié Justine. Elle dit que L a une mauvaise influence sur elle. Elle affirme qu'il consomme trop de drogues, et quand parfois elle en prend avec lui, elles l'affectent vraiment. Je ne sais pas comment elle peut supporter cette situation, a-t-elle ajouté en frémissant. Il est si vieux et ratatiné. Il ne peut rien lui apporter. Il lui vampirise sa jeunesse. »

Je me suis fait de nombreux reproches, Jeffers, en l'entendant décrire L ainsi – tout ce qui entourait sa présence ici me semblait désormais sordide, une sordidité dont j'étais responsable et dans laquelle nous étions tous impliqués par ma faute. J'ai résolu sur-le-champ d'exiger son départ. Il y avait dans cette décision quelque chose de si mesquin et petit-bourgeois que je m'en suis aussitôt voulu. Je n'étais plus l'égale de L mais une inférieure vis-à-vis de ses propres turpitudes, et je l'imaginais aisément me rire au nez. Il refuserait peut-être, auquel cas il me faudrait le contraindre à s'en aller, par la force si nécessaire – voilà où menait ce genre de décision !

J'ai demandé à Justine si elle avait vu ce qu'ils avaient fait dans la dépendance, et elle m'a dévisagée d'un air coupable.

« Es-tu très fâchée ? Ce n'est pas la faute de Brett, pas complètement. »

J'ai répondu que je n'étais pas particulièrement en colère – disons que j'étais plutôt choquée, et il est parfois indispensable de l'être, car sans ça nous nous laisserions aller à l'entropie. L'idée que je me faisais de la dépendance avait été irréversiblement modifiée après que j'avais découvert l'épouvantable fresque de L, c'était vrai, et jamais plus je ne considérerais cette maison comme avant, même en camouflant chaque trace de peinture sous des couches de blanc de chaux. Lui redonner l'aspect exact qui avait été le sien aurait été la chose la plus facile au monde, et ce faisant elle serait pourtant devenue, d'une certaine manière, factice. Il se serait alors opéré une sorte d'oubli – une trahison de la vérité mémorielle –, et peut-être est-ce ainsi que nous devenons artificiels dans nos propres vies, Jeffers, à cause de notre propension incessante à l'oubli délibéré. J'ai songé que Tony détesterait vraiment cette fresque, en particulier le serpent enroulé autour de l'arbre placé au centre – les serpents étant la seule chose dont Tony a peur. J'ai soudain eu l'impression que ce reptile peint représentait un assaut dirigé contre Tony, que L avait tenté de le vaincre. Tony était-il vaincu ? Était-ce pour cette raison qu'il était parti ? Je me suis rappelé que L s'était tenu près de moi et m'avait caressé les cheveux en murmurant « Allons, allons » tandis que je pleurais de chagrin. Ce souvenir m'a fait défaillir, et pendant un moment j'ai cessé de parler à Tony dans mon cœur. Mon mari m'avait-il déjà caressé les cheveux en murmurant « Allons, allons » ? À cet instant, je n'en étais pas sûre, ni ne savais s'il était même capable ou susceptible de se conduire ainsi, et il m'a alors semblé que c'était là le seul geste que j'avais jamais attendu de la part d'un homme. Autrement dit, il ne s'agissait pas d'un assaut que L aurait dirigé contre Tony – c'était en réalité *mon* assaut, rendu possible par L, lequel m'avait donné la possibilité de douter de mon mari !

« Oh, Tony, lui ai-je dit dans mon cœur, montre-moi où est la vérité ! Est-il mal de vouloir des choses que tu ne peux pas me donner ? Est-ce que je me fais des illusions en croyant qu'il est juste que nous soyons ensemble, simplement parce que c'est plus facile et plus agréable ainsi ? »

Pour la première fois, Jeffers, j'ai envisagé la possibilité que l'art – pas seulement celui de L, mais la notion d'art dans sa globalité – puisse être lui-même un serpent qui chuchotait à nos oreilles, sapait toute notre satisfaction et notre foi dans les choses de ce monde en insinuant qu'il y avait en nous une entité supérieure, meilleure, qui ne pourrait jamais être égalée par ce qui se trouvait sous nos yeux. J'ai tout à coup eu la sensation que l'éloignement de l'art n'était rien d'autre que l'éloignement niché au fond de moi, le plus froid et le plus distant de l'amour véritable et d'un sentiment d'appartenance. Tony ne croyait pas en l'art – il croyait en les êtres humains, en leur bonté et leur méchanceté, et il croyait en la nature. Il croyait en moi, et moi je croyais en cet éloignement infernal au fond de moi et de toutes choses, à l'intérieur duquel leur réalité pouvait être transmuée.

Quelques jours avant son départ, Tony m'avait raconté une rencontre étrange et inattendue avec L dans le bosquet. Tony venait d'y abattre un daim, car ces animaux pénétraient sur nos terres et mangeaient l'écorce des arbres, qui finissaient par en mourir. Tony était content d'avoir éliminé ce daim, qu'il avait l'intention de dépouiller et de dépecer pour que nous puissions le manger. Il traversait le bosquet en portant le cadavre sur ses épaules quand il avait croisé L sur le sentier ; ce dernier, bien loin de féliciter Tony pour sa prise, s'était mis en colère, même après que Tony lui avait expliqué pourquoi il avait abattu l'animal.

« Je refuse que l'on tue quoi que ce soit près de moi », avait apparemment déclaré L, avant de poursuivre en disant que, en ce qui le concernait, les arbres pouvaient bien se débrouiller tout seuls.

Il n'a apparemment pas voulu reconnaître que ces terres appartenaient à Tony et que celui-ci était donc autorisé à y agir à sa guise, et je crois savoir pour quelle raison L voyait les choses ainsi : il concevait la notion de propriété comme un ensemble de droits inaliénables dont lui-même disposait. Son domaine était la sphère radiale de son propre personnage ; c'étaient ses alentours, où qu'il se trouve. Il défendait son droit à ce que ce territoire ne soit pas investi par quiconque choisissait d'y faire partir un coup de feu tout près de son oreille – du moins le présumais-je. Cela s'expliquait sans doute par le fait que L avait grandi dans un abattoir, ai-je dit à Tony, et que la mort des animaux lui inspirait de l'aversion.

« Peut-être, a répondu Tony. Tout ce qu'il a affirmé, c'est que je faisais bien pire que le daim. Mais je ne suis pas d'accord. Il y a des créatures qu'il faut savoir tuer. »

Assise sur mon lit, occupée à regarder la pluie, j'ai repensé à cette histoire, et j'ai songé que Tony et L étaient tous les deux dans le vrai, mais que la façon dont Tony l'était paraissait plus triste, plus dure et plus permanente. Il acceptait la réalité et se considérait comme responsible de la place qu'il y tenait : L s'opposait à la réalité et essayait constamment de se libérer de ses restrictions, ce qui signifiait qu'il ne s'estimait responsable de rien. Et mon désir d'être caressée et consolée, et de voir expiés les événements fâcheux qui étaient survenus existait quelque part entre les deux, et c'était la raison pour laquelle je m'étais enfuie dans le bosquet, loin de Tony.

Au soir du cinquième jour, la porte de ma chambre s'est ouverte et Tony est apparu en chair et en os, campé sur le seuil ! Nous nous sommes regardés, et nous nous sommes tous deux remémoré la dernière fois où nous nous étions regardés, Tony depuis la fenêtre, moi en contrebas, parmi les arbres, et chacun de nous savait, je l'ai bien vu, que cet instant avait consumé une partie de nous-mêmes qui ne nous serait jamais rendue, et que nous allions poursuivre notre route plus humbles et diminués.

« M'as-tu entendue ? » ai-je demandé, retenant mon souffle.

Il a lentement hoché sa grosse tête, puis il a tendu les bras et je m'y suis jetée.

« Pardonne-moi, s'il te plaît ! me suis-je exclamée. Je sais que j'ai mal agi, je promets de ne plus jamais te pousser à partir !

— Je te pardonne. Ce n'était qu'une erreur de ta part, je le sais.

— Où étais-tu passé ? Où es-tu allé ?

— À la cabane de North Hills », a-t-il répondu, et j'ai baissé la tête, parce que cette cabane est mon endroit préféré au monde, et Tony m'y a emmenée à l'époque où nous sommes tombés amoureux.

« Oh, ai-je fait. Et tout y était toujours si beau ? »

Tony a gardé le silence, et j'ai donc songé que je ne

saurais jamais si North Hills conservait sa beauté lorsque je n'y étais pas, et il m'a paru normal que je n'en sache rien, parce que j'avais fait de la peine à Tony, or il était inutile de prétendre le contraire ou d'espérer que cela avait ainsi tout gâché pour lui. Pourtant il a alors ajouté, formulant ce qui pour moi aurait dû être une évidence :

« Je suis revenu. »

Autant dire que nous étions très heureux ; nous sommes ensuite descendus au rez-de-chaussée, où nous avons continué à savourer notre bonheur ; Justine nous a préparé à dîner, et même Kurt avait quelque peu retrouvé son entrain maintenant que Tony était de nouveau à la maison avec nous. North Hills est situé à quatre ou cinq heures de route du marais, un trajet qui compte surtout des chemins de terre, il était tard et je savais que Tony devait être fatigué ; ainsi, quand on a frappé, je lui ai dit de monter se coucher et suis allée répondre. Sur le pas de la porte, Brett se tenait dans l'obscurité, sans manteau, frissonnante et les yeux écarquillés. Je lui ai demandé ce qui se passait, et quand elle a ouvert la bouche elle s'est mise à trembler si fort que j'ai entendu ses dents s'entrechoquer au-delà de ses lèvres pareilles à une entaille. Elle m'a dit que L était mort, ou qu'il l'était peut-être, elle ne savait pas – étendu sur le plancher de la chambre, il ne bougeait plus, et elle n'avait pu s'approcher de lui pour vérifier tant sa frayeur était grande.

Nous nous sommes tous précipités sous la pluie vers la dépendance, où nous avons trouvé L allongé par terre, comme Brett l'avait décrit, à ceci près qu'il poussait maintenant de bruyants gémissements, preuve qu'il était en vie, même si je n'avais jamais entendu de sons aussi inhumains, étranges et terribles. Alors, malgré le long voyage qu'il venait d'effectuer, Tony l'a porté jusqu'au camion et est parti pour l'hôpital, à deux heures de route de là, L sur la banquette arrière, après que nous l'avions installé sur des coussins et enveloppé dans des couvertures, et Brett à l'avant. Tony est rentré à l'aube en compagnie de Brett, mais sans L, qui selon les médecins avait eu une attaque.

Il a fallu qu'il passe deux semaines à l'hôpital, puis Tony et moi sommes allés le chercher. Même s'il tenait debout, il était très amaigri et frêle, comme s'il était devenu un vieillard en l'espace de ces deux semaines – il était complètement abattu, Jeffers : il se déplaçait d'un drôle de pas glissant, et ses jambes fléchies et ses épaules voûtées lui donnaient une allure craintive, à croire que son corps avait été parcouru d'un tressaillement et pétrifié à cet instant même. Mais ce sont ses yeux qui m'ont paru plus bouleversants encore, ces yeux brillants pareils à des lampes, qui semblaient faire œuvre de révélation partout où ils se posaient. Ils étaient noircis à présent, telles deux chambres détruites dans un bombardement. Leur lumière s'était éteinte, et ils étaient remplis d'horrifiantes ténèbres. Les médecins nous ont parlé de son état, tandis que L, tête levée, était curieusement vigilant, aux aguets, mais ce n'était pas eux qu'il écoutait. Alors que ses yeux de goule ne paraissaient se fixer sur rien, cette vigilance empreinte de détachement a persisté, devenant l'une des caractéristiques de son nouveau moi, même une fois qu'il a pu reparler et se déplacer plus librement. En réalité, sa guérison physique a été plutôt rapide, si l'on exceptait sa main droite, dont il ne retrouverait jamais pleinement l'usage. Elle était très grosse, rouge et enflée, comme gonflée de sang, et elle pendait affreusement, cramoisie et inerte, au bout de son bras maigre.

À cette époque, nous avons beaucoup parlé – Tony, Justine, Brett et moi – de ce qui pouvait ou devait se produire, quand et comment. Les premières journées estivales étaient arrivées, généreuses et chaudes, et de fortes brises bienfaisantes soufflaient depuis le marais, mais nous nous en apercevions à peine. Nous étions une maisonnée de pasteurs anxieux, méditant sur l'étrange désastre qui était advenu. Se succédaient d'innombrables appels téléphoniques, demandes de renseignements et recherches pratiques, maintes et maintes discussions jusque tard dans la nuit ; mais cela n'a rien donné et, pour finir, L est resté exactement là où il était, dans la dépendance, parce qu'il n'avait nulle part ailleurs où aller. Il n'avait ni famille ni foyer, ne possédait que très peu d'argent, et même s'il était désormais plus simple de voyager, nous ne trouvions personne parmi ses amis et ses associés qui soit disposé à endosser cette responsabilité. Tu sais combien ce mot est inconstant, Jeffers, il est donc inutile que je me penche sur cette question ici. En définitive, il n'y avait plus que Brett d'un côté et moi de l'autre, or tandis que je reconnaissais que ces événements avaient eu lieu sur mon territoire, où L était venu séjourner sous mon égide, Brett avait du mal à assumer ses obligations, ne voyant dans cette situation qu'une joyeuse équipée qui avait mal tourné. Elle avait accompagné L ici sur un coup de tête, non parce qu'elle projetait de passer sa vie auprès de lui !

Au cours de ces journées, j'ai souvent réfléchi, Jeffers, à la notion de pérennité et à son importance, ainsi qu'au fait que nous en tenons si peu compte quand nous prenons des décisions et passons à l'action. Si nous envisagions chaque instant comme s'il s'agissait d'un état permanent, un lieu où nous nous retrouverions peut-être contraints de demeurer à jamais, la plupart d'entre nous choisiraient bien différemment la teneur de cet instant-là ! Il est possible que les gens les plus heureux soient ceux qui adhèrent dans les grandes lignes à ce principe, qui n'empruntent pas sur l'instant, mais qui au contraire l'investissent de ce qui pourrait se perpétuer de façon acceptable dans chaque instant à venir sans causer ni dégât ni destruction, et sans en subir en retour – mais vivre ainsi exige beaucoup de discipline et une certaine insensibilité puritaine. Je n'en voulais pas à Brett de sa réticence à se sacrifier. Au bout du deuxième ou du troisième jour après le retour de L de l'hôpital, il est apparu évident qu'elle ne s'était jamais occupée de rien ni de personne au cours de sa vie, et qu'elle n'avait pas l'intention de s'y mettre.

« J'espère que vous ne me prenez pas pour une lâcheuse », a-t-elle dit alors qu'un après-midi elle était venue me trouver pour m'annoncer que son cousin – le monstre marin – avait accepté de passer la chercher en avion pour la ramener chez elle.

Je me suis aperçue que j'ignorais où Brett habitait en réalité, et il s'est avéré qu'elle n'avait pas vraiment de chez-elle – ou plutôt qu'elle en avait de nombreux, et par conséquent aucun. Elle vivait çà et là à travers le monde, dans l'une ou l'autre des maisons appartenant à son père ; il la prévenait toujours une semaine environ à l'avance quand il prévoyait de venir, de sorte qu'elle avait le temps de plier bagage avant son arrivée, car sa belle-mère n'aimait pas la voir. Son père était un golfeur célèbre – même moi j'avais entendu parler de lui, Jeffers –, un homme très riche, et jouer au golf était la seule chose que Brett n'avait jamais apprise, parce qu'il ne la lui avait jamais enseignée. Voilà comment cela se passe, entre membres de l'espèce humaine ! Je l'ai serrée contre moi tandis qu'elle pleurait doucement et lui ai dit qu'elle agissait sagement en retournant à sa vie. Pourtant, au fond de moi, je savais qu'en réalité elle fuyait simplement L et ses malheurs, et que malgré tous ses talents et sa beauté, le sens de l'existence lui échappait forcément puisqu'elle la considérait seulement en fonction de ce qui lui convenait ou pas. Et quel mal y avait-il à cela, en fin de compte ? Fuir relevait de la prérogative de Brett et, en me persuadant que c'était aussi son infortune, il était probable que j'essayais simplement de dissimuler la jalousie qu'elle m'inspirait. Brett avait beau être malmenée, elle n'en était pas moins libre – elle n'était pas obligée de rester ici et de trouver une solution, contrairement à nous autres !

Son départ a toutefois présenté un avantage, car elle a proposé d'emmener Kurt avec elle. Son cousin cherchait apparemment un secrétaire particulier pour gérer ses affaires, lesquelles, semble-t-il, consistaient principalement à aller et venir dans son avion et à mener la vie d'un homme riche et oisif. Brett pensait que Kurt aurait même l'occasion de s'adonner à l'écriture, puisque son cousin, qui s'était lancé dans le récit de l'histoire familiale, avait probablement besoin d'aide.

« Il n'est pas très futé, a-t-elle dit à Kurt, mais il détient beaucoup d'actions dans une maison d'édition. Il s'occuperait vraiment bien de toi. Il pourrait même réussir à faire publier ton roman. »

Kurt a paru accepter tout cela comme un dû et, puisque L était si affaibli, le rôle de protecteur qu'il s'était lui-même assigné à mon égard n'avait plus réellement lieu d'être. Même Justine a reconnu que c'était pour le mieux, quoiqu'elle éprouvât de la crainte maintenant que la perspective de la séparation se concrétisait. Je lui ai dit qu'elle n'aurait jamais aucun mal à trouver un homme blanc en mesure de l'anéantir, si c'était effectivement ce qu'elle désirait. À ces mots, elle a ri et, à ma grande surprise, a répondu :

« Dieu merci, tu es ma mère. »

C'est ainsi qu'un chapitre de notre vie dans le marais s'est conclu, Jeffers, et qu'un autre – beaucoup plus opaque et incertain – allait débuter. Que ressentais-je, à cet instant, vis-à-vis du drame que j'avais provoqué, alors qu'il entrait dans des sphères qui échappaient à mon contrôle ? Je n'avais jamais consciemment pensé que je pouvais contrôler L ou qu'il me faudrait le faire, et j'avais commis l'erreur de sous-estimer le destin, mon vieil adversaire. Je croyais encore, vois-tu, à l'inexorabilité d'une autre force – la force du récit, de l'intrigue, appelle-la comme tu voudras. Je croyais à l'intrigue existentielle, laquelle nous garantit que, d'une façon ou d'une autre, chacune de nos actions se voit attribuer un sens et que les événements – peu importe le temps que cela demande – finissent par prendre meilleure tournure. J'ignorais comment j'avais réussi à parcourir tant de chemin d'un pas aussi chancelant tout en me raccrochant à cette conviction. Mais j'y étais arrivée, et c'était cette même conviction qui m'avait empêchée de m'asseoir au milieu de la route et de baisser les bras. La part intrigante de moi-même – une autre des nombreuses expressions que j'emploie pour désigner ma volonté – s'opposait à présent directement à ce que L avait convoqué ou éveillé au fond de moi, ou à ce qui, en moi, s'était révélé après avoir reconnu L : la possibilité de la dissolution identitaire même, la possibilité d'une libération, avec toutes les significations cosmiques, insaisissables qui l'accompagnent. Alors même que je me lassais de l'intrigue sexuelle – la plus perturbatrice et la plus fallacieuse de toutes –, ou bien qu'elle se lassait de moi, est apparue cette nouvelle machination spirituelle en vue d'éviter l'inévitable : la destinée du corps ! Il revenait à L en personne de la représenter, de l'incarner – c'était son corps qui s'était dissous et effondré, pas le mien. Il avait eu peur de moi depuis le début, et à raison, car il avait eu beau affirmer vouloir me détruire, c'était moi, semblait-il, qui l'avais détruit la première. Même si je ne le prenais pas pour moi, Jeffers ! Je crois qu'à ses yeux je symbolisais la mortalité, parce que j'étais une femme qu'il ne pouvait ni anéantir ni transfigurer au moyen de son propre désir. Autrement dit, j'étais sa mère, la femme par laquelle il avait toujours redouté d'être dévoré et de se voir arracher sa forme et sa vie, de la même manière qu'elle les avait créées.

Au cours de ces journées tumultueuses, une image m'est restée en tête : celle de Tony, le soir où Brett est venue nous chercher pour nous dire que L gisait sur le sol de la dépendance. Une fois sur place, nous avons examiné L et compris qu'il fallait l'emmener à l'hôpital ; après l'avoir soulevé dans ses bras, Tony est calmement sorti de la chambre. L aurait eu horreur, me disais-je, de se voir ainsi majestueusement porté par Tony, telle une poupée cassée ! J'avais précédé Tony dans la pièce principale pour allumer les lumières, et je l'ai observé quand il a franchi le seuil avec L dans les bras et qu'il a vu pour la première fois la fresque d'Adam, d'Ève et du serpent. Il l'a aussitôt appréhendée, Jeffers, sans hésiter ni marquer de temps d'arrêt, et c'était comme s'il traversait paisiblement et résolument un feu flamboyant dont il sauvait celui-là même qui l'avait allumé. En ces instants, j'ai été légèrement brûlée par ce même feu : il a flambé près de moi, assez pour me lécher de sa langue ardente.

Il est évidemment bien connu, Jeffers, que les dernières œuvres de L ont favorisé le renouveau de sa réputation et lui ont aussi valu une vraie renommée, même si je crois que celle-ci était à imputer en partie au voyeurisme qui se manifeste toujours dans le halo que confère la mort. Ses autoportraits sont de véritables instantanés de la mort, n'est-ce pas ? Il l'a rencontrée le soir où il a eu son attaque et ils ont ensuite vécu ensemble à jamais – plus malheureux qu'heureux, sans doute. Toutefois, je trouve pour ma part que l'iconographie du moi est encore trop prégnante dans ces portraits, inévitablement, je suppose. Ils évoquent l'individu qu'il avait été ; ils sont empreints d'obsession et d'incrédulité à l'idée que cela ait pu lui arriver – à lui ! Mais le moi est notre dieu – nous n'en avons nul autre –, et ces images ont donc été accueillies avec une vive fascination et beaucoup d'approbation dans le monde extérieur. Sans oublier les scientifiques, qui se sont absorbés dans l'étude de ces traces figurant un événement neurologique, que les coups de pinceau de L avaient rendu avec tant de beauté et de précision. Ces mêmes coups de pinceau ont illuminé certains des mystères survenus dans les ténèbres de son cerveau. Un artiste est parfois si utile en matière de représentation ! J'ai toujours été convaincue que la vérité de l'art égale n'importe quelle vérité scientifique, mais qu'elle doit conserver son statut illusoire. Ainsi, je n'ai pas apprécié qu'on se serve de L comme la preuve de quelque chose et qu'on le traîne, pour ainsi dire, en pleine lumière. À l'époque, il n'était pas possible de distinguer cette lumière des projecteurs de l'actualité, mais elle pouvait tout aussi aisément devenir un jour la lumière d'un œil scrutateur et impitoyable, et ces mêmes faits être utilisés comme la preuve d'une chose complètement différente.

Mais ce sont les peintures nocturnes dont j'ai envie de parler, dans lesquelles le pouvoir de l'illusion ne capitule pas. Ces tableaux ont été exécutés au marais, dans un laps de temps remarquablement court, or, je tiens à le dire, je sais dans quelles conditions et par quelle méthode ils ont été produits.

Après que Brett s'en est allée et que L est resté seul dans la dépendance, la question des soins à lui prodiguer s'est rapidement posée. J'étais consciente que, si je tenais le rôle d'infirmière auprès de L et si je me mettais à son entière disposition, ma relation avec Tony en pâtirait : je m'étais approchée de ce précipice, dont j'avais vu le fond, et rien ne pourrait m'y traîner de nouveau ! Au début, Tony lui-même a dû en faire beaucoup pour L, puisqu'il fallait quelqu'un de vigoureux pour le soulever et le déplacer, et L avait beau se montrer despotique avec Tony, il dépendait énormément de lui pour tout ce qui relevait de ses besoins essentiels. Depuis son retour de l'hôpital, son comportement était plutôt grincheux, mesquin et tatillon, il bégayait légèrement et on l'entendait donner des ordres à mon mari à la façon d'un prince héritier.

« T-t-t-ony, pouvez-vous placer cette chaise f-face à la fenêtre ? Non, c'est trop p-p-près – plus loin – oui. »

Je me suis accoutumée au spectacle qui m'avait frappée avec tant de force le premier soir, celui de Tony portant L dans ses bras, quelquefois jusqu'à l'autre bout du jardin si L désirait contempler un point précis du paysage. Mais comme je l'ai dit, L a recouvré assez vite la possession de ses moyens et, Tony lui ayant fabriqué deux belles cannes taillées dans les branches d'un jeune arbre, il a bientôt pu clopiner ici et là sans l'aide de personne. Il était en revanche tout à fait incapable de cuisiner ou de prendre soin de lui-même et, quand il s'est remis au travail et qu'il a dû choisir son matériel et le manipuler, il est devenu évident qu'il lui fallait un assistant sur place. À ma grande surprise, Justine s'est portée volontaire pour tenir ce rôle, et Tony est retourné à ses tâches habituelles, tandis que je me retrouvais à veiller sur lui et sur Justine, avec un petit peu plus à faire que le rien qui m'occupait d'habitude.

Les catastrophes ont-elles le pouvoir de nous libérer, Jeffers ? L'intransigeance de notre nature peut-elle être brisée par un assaut assez brutal pour nous garantir que nous serons tout juste capables d'y survivre ? Telles étaient les questions que je me posais à l'aube de la guérison de L, lorsqu'une énergie neuve, brute et informe a commencé à émaner de lui de manière tout à fait apparente. C'était un jaillissement de vie qui giclait hors du grand trou qu'un souffle avait creusé en lui, et il n'avait ni nom, ni savoir, ni direction qui lui soient propres, et j'observais L qui se colletait avec lui et s'efforçait de prendre sa mesure. Il a exécuté son premier autoportrait trois semaines après son retour de l'hôpital, et Justine m'a raconté les douleurs atroces qu'il a endurées, s'évertuant à manier le pinceau de sa main droite, déformée et enflée. Il préférait peindre debout, m'a-t-elle dit, une canne dans la main gauche et un miroir placé sur le côté. Elle lui tenait sa palette, choisissait et mélangeait les couleurs en suivant ses instructions. Les mouvements de son bras étaient effroyablement lents et pénibles, il gémissait continuellement et lâchait sans arrêt son pinceau à cause des violentes trémulations qui parcouraient ses doigts. Il ne devait pas être très agréable de lui porter assistance ! Ce premier tableau, composé d'une grande ligne de visée en diagonale, le monde s'y déversant en haut à droite pour s'en écouler en bas à gauche, était d'une rudimentarité choquante – choquante parce que l'exactitude du moment y était encore perceptible, au travers de la toile et derrière elle. En d'autres termes, elle était brutalisée mais encore en vie, et cette discordance entre la conscience et l'être physique – de même que l'épouvante à la voir ainsi consignée, assez semblable à celle qu'on éprouve à la vue d'un animal mourant – est devenue la marque de fabrique des autoportraits de L et la raison de leur attrait universel, même quand il a été en mesure de les exécuter avec davantage de maîtrise.

Bientôt, L a voulu sortir seul, et Justine a eu l'idée d'attacher autour de son cou, au moyen d'un bout de ficelle, un petit klaxon d'enfant retrouvé dans son vieux coffre à jouets ; il suffisait à L de presser la poire en caoutchouc pour l'appeler s'il avait besoin d'elle, où qu'il soit. Si j'ai d'abord craint qu'il ne considère cette proposition comme un affront à sa dignité, cela a paru en réalité l'enchanter et l'amuser, et j'entendais sans cesse ce lointain bruit de klaxon de-ci de-là sur notre propriété, tel l'appel d'un oiseau parcourant la nature à l'insu des regards. Ce jouet était très utile, puisque L commençait à s'aventurer assez loin, m'a dit Justine, et il s'apercevait parfois qu'il ne pouvait pas rebrousser chemin ; ou bien il faisait tomber un objet qu'il n'arrivait pas à ramasser. Je remarquais qu'il avait choisi le marais comme destination : il s'en approchait un peu plus chaque jour. Un après-midi, je l'ai rencontré par hasard, debout près de la proue du bateau privé de mer, à l'endroit exact où il s'était tenu le jour de notre toute première conversation, et cette coïncidence m'a incitée à m'exclamer, de façon quelque peu absurde :

« Tant de choses ont changé, et toutefois rien n'a changé ! »

Alors qu'il aurait évidemment été tout aussi vrai – et tout aussi vide de sens –, Jeffers, de dire que rien n'avait changé et que tant de choses avaient toutefois changé. Une chose cependant était immuable : le regard indifférent, de rejet, que L m'avait si souvent accordé et auquel je ne m'étais néanmoins jamais habituée. En dépit de sa faiblesse, il me l'adressait à présent ; puis il a dit d'une voix hésitante :

« V-vous ne changez pas. Vous ne changerez jamais. Vous ne vous le permettez pas. »

J'étais encore l'ennemi public numéro un, vois-tu, même après tout ce qui s'était passé.

« Je fais toujours mon possible, ai-je répondu.

— Seule une émotion r-réelle peut changer quelqu'un. Vous serez emportée au loin », a-t-il ajouté – et j'ai compris qu'il voulait dire par là que mon immutabilité me mènerait à ma perte, comme l'arbre qui rompt pendant la tempête car il ne peut pas plier.

« Je suis protégée, ai-je répliqué en levant la tête.

— Vous êtes allée loin, mais je suis allé plus loin encore », a-t-il dit – ou du moins l'ai-je cru, car désormais il s'exprimait encore plus indistinctement que par le passé –, « et je connais un moyen de vous détruire qui passe outre à cette protection. »

À partir de ce moment, telle a été, en somme, la tonalité dominante de mes relations avec L. Tout au long de son rétablissement, il s'est montré infailliblement hostile à mon égard. On aurait dit que sa condition de malade lui avait offert une ultime occasion de désinhibition. Une autre fois, il m'a dit :

« Tout ce qui était bon en vous a rejailli chez votre fille. Maintenant qu'il n'y a plus de bonté en vous, je me demande ce qu'on y trouve. »

Il s'est mis en tête que je l'observais sans cesse, et quelquefois il me faisait tressaillir en claquant les doigts de sa main gauche près de mon visage.

« Regardez-vous un peu, qui me fixez de vos yeux verts, comme un chat affamé – eh bien, je claque des doigts devant vous. »

Clac !

Cela m'est soudain devenu insupportable et, un jour, alors que je laçais ma chaussure, j'ai perdu connaissance et tout oublié de ce qui s'est passé au cours des vingt-quatre heures qui ont suivi – j'ai eu l'impression d'être en vacances, allongée sur mon lit, un sourire aux lèvres, pendant que Tony et Justine se relayaient pour me veiller, angoissés, en me tenant la main. Quand je me suis levée, j'ai découvert qu'un ami de L m'avait écrit pour me demander s'il pouvait nous rendre visite. Il était inquiet pour L, disait-il, qu'il connaissait depuis de nombreuses années, et même plus inquiet encore pour moi, car L m'avait placée dans une situation fâcheuse en tombant malade sur ma propriété. Il souhaitait également me donner de l'argent que la galeriste de L lui avait remis afin de couvrir les dépenses que j'avais pu engager pour lui. Je suis donc revenue de mon petit séjour dans le monde souterrain en m'apercevant que le monde du dessus était un peu plus sensé que lorsque je l'avais quitté. J'ai répondu à cette lettre en disant qu'il pouvait venir quand il le voulait – il s'appelait Arthur –, et, une semaine plus tard environ, une voiture s'est arrêtée dans l'allée : il était arrivé !

Arthur était délicieux, Jeffers, un bel homme de haute taille à l'air affable et nonchalant, pourvu d'une splendide crinière, luisante et sombre ; il m'a profondément surprise dès qu'il est sorti d'un bond de sa voiture et s'est présenté en fondant en larmes, ce qui se produirait fréquemment au cours de sa visite, chaque fois que sa sympathie et sa compassion seraient sollicitées. Tout en pleurant il continuait souvent de parler, voire de sourire, à croire qu'il s'agissait là d'un phénomène aussi normal et naturel qu'une averse. Cette habitude amusait tant Tony qu'il éclatait de rire chaque fois que cela prenait Arthur.

« Je ne ris pas vraiment », lui disait-il, les épaules secouées par l'hilarité – signifiant par là qu'il ne se *moquait* pas de lui. « C'est juste vraiment charmant. »

Ils sont devenus très bons amis et sont encore proches aujourd'hui ; chacun appelle l'autre « frère », si bien que c'est presque comme si Tony avait retrouvé le parent perdu au temps de sa jeunesse. À certains égards, cela me rend heureuse d'attribuer ce bienfait à L, dont la présence n'a par ailleurs pas profité à Tony. Mais lors de ce premier après-midi, assise entre l'un qui pleurait et l'autre qui riait, je me suis bel et bien demandé dans quel port étrange mon navire avait cette fois jeté l'ancre !

Arthur avait hâte d'aller voir L et, pendant son absence, je lui ai préparé une chambre dans la grande maison. Il est revenu deux ou trois heures plus tard, atterré, ses beaux cheveux dressés sur sa tête tant ils étaient offensés.

« Il est dans un état tout à fait choquant, a-t-il dit. Nous ne pouvons pas vous imposer d'assumer cette responsabilité. »

Il connaissait L depuis plus de vingt ans, Jeffers, et il en savait probablement plus que quiconque sur sa vie. Dans sa jeunesse – il avait maintenant une quarantaine d'années –, Arthur avait travaillé dans le studio de L, à l'époque où ce dernier était encore assez réputé pour avoir besoin d'un assistant. Il l'accompagnait à des inaugurations, l'observait tandis qu'on l'exhibait devant les collectionneurs à la manière d'une fille de plus en plus immariable, et il avait pris conscience qu'il ne voulait plus être mêlé au monde de l'art, quoiqu'il ait espéré devenir peintre par le passé. Il était néanmoins resté en contact avec L au fil des années. L était maintenant très appauvri, c'était vrai, comme beaucoup d'autres individus à la suite des événements récents, mais cela faisait bien longtemps que son déclin se poursuivait, et il avait dorénavant atteint le fond du fond en matière de liquidités et de bonne volonté. En outre, il n'avait pas de famille dont il était disposé à admettre l'existence, mais Arthur avait réussi à retrouver une demi-sœur qui, se figurait-il, se laisserait peut-être convaincre de le recueillir. Elle n'avait pas quitté la maison natale de L. Tous ses demi-frères étaient morts. En dernier recours, l'État devrait se charger de lui, et Arthur était prêt à prendre les dispositions nécessaires.

Ma foi, Jeffers, d'un côté, ces nouvelles étaient un grand soulagement, mais dans le même temps la pensée que L puisse être promis au sort évoqué par Arthur m'était intolérable. Si seulement il avait pu profiter de ma bonne volonté, s'il s'était mieux entendu avec moi, avait été plus gentil, plus aimable, avait fait montre de plus de réciprocité...

« Vous ne pouvez espérer avoir un serpent comme animal de compagnie », a déclaré Arthur avec bienveillance, mais à juste titre.

J'étais toutefois dans le désarroi, convaincue au fond de moi que si je parvenais à faire preuve de davantage de générosité alors L serait sauvé. Mais de quoi ou de qui m'imaginais-je pouvoir le sauver ? J'aimais à me dire que j'étais disposée à partir au bout du monde pour L – mais uniquement s'il respectait ses engagements, se montrait reconnaissant, poli, et s'adaptait à la vision des choses, plaisante et confortable, que je lui avais offerte. Ce qu'il n'accepterait ni ne pourrait jamais faire !

« Vous n'êtes pas responsable de lui », a insisté Arthur, voyant ma détresse, tandis que des larmes recommençaient à couler sur ses joues. « C'est un adulte, conscient des risques qu'il a pris. Croyez-moi, il a toujours agi exactement comme il l'entendait sans jamais penser à ce que les autres pouvaient éprouver. Sa vie est tout le contraire de la vôtre – il ne s'est jamais dérangé une seule seconde pour personne. Regardez les choses en face : si vous étiez à l'agonie devant lui, dans la rue, il refuserait de vous aider », a-t-il ajouté gentiment en s'essuyant les yeux.

Malgré tout, Jeffers, une partie de moi continuait de croire qu'Arthur se trompait.

« Au fait, avez-vous vu ce qu'il peint ? a-t-il dit. Ces autoportraits... ils sont tout simplement inouïs. »

Nous avions beau être inquiets, je dois avouer que nous avons passé une soirée merveilleuse en compagnie d'Arthur, un homme si divertissant, et quand Justine s'est jointe à nous et qu'elle a vu ce bel inconnu, elle a rougi jusqu'à la racine des cheveux ; j'ai ainsi remarqué combien elle avait gagné en beauté, et qu'elle était dans une certaine mesure achevée ; je me suis alors demandé si c'était ce qu'un peintre éprouvait en regardant une toile et en prenant conscience qu'il ne pouvait ou ne devait plus y toucher. Arthur est reparti le lendemain matin en promettant de nous écrire très bientôt et de revenir aussi rapidement que possible. Or il tiendrait promesse, mais alors plus rien ne serait comme avant.

Vers le milieu de l'été, L était redevenu lui-même, en plus ratatiné et en beaucoup plus irascible cependant. Il affichait dorénavant une expression difficile à décrire, Jeffers – en deux mots, c'était la physionomie d'une créature qui a été capturée par une créature plus grosse et qui sait qu'il ne lui est plus possible de s'échapper. On n'y décelait aucune résignation, et je suppose que la proie, en dépit de l'inexorabilité de son sort, n'éprouve pas non plus beaucoup de résignation entre les mâchoires de son ravisseur. En réalité, on aurait plutôt dit l'éclat soudain d'une ampoule qui s'illumine et s'éteint presque simultanément quand un fusible lâche. L était happé dans un long moment d'illumination, durant lequel il s'avisait, me semblait-il, de son moi tout entier et de l'étendue de son être, parce qu'il voyait en même temps l'aboutissement de cet être. Dans son expression, peur et prise de conscience ne pouvaient être différenciées. Pourtant, à mes yeux, elle renfermait aussi une forme d'émerveillement face au fait originel de sa propre existence.

C'est à peu près à cette époque que Justine a commencé à me dire que L dormait beaucoup plus pendant la journée et travaillait tard le soir. Il faisait très chaud, une grosse lune lumineuse éclairait souvent le ciel, et Justine le découvrait fréquemment assis près de la proue du bateau bien longtemps après la tombée de la nuit. Au matin, elle le trouvait endormi sur le canapé de la pièce principale, dont la table était jonchée de nombreuses esquisses. Il s'agissait d'aquarelles, et elle n'avait rien à en dire, sauf que c'étaient des images d'obscurité qui lui rappelaient combien, enfant, elle avait eu peur du noir, croyant y voir des choses qui n'y étaient pas.

Un jour, L lui a demandé de lui dénicher un sac ou un cartable pour y mettre son matériel quand il était de sortie ; elle en a trouvé un, dans lequel elle a placé les affaires qu'il lui indiquait. Au crépuscule, il se montrait désormais très agité, m'a-t-elle raconté, tournant en rond dans la pièce avec frénésie, se cognant parfois aux murs ou bousculant les meubles ; si par hasard elle lui rendait visite quand il était dans cet état, il lui arrivait quelquefois de crier contre elle, alors qu'il était d'ordinaire très aimable et courtois en sa présence. En l'apprenant, j'ai décidé que Justine avait besoin d'un soir de détente. Puisqu'il faisait si chaud, j'ai proposé que Tony s'occupe de L pendant que nous irions nager toutes les deux dans l'une des criques du marais. Pour une raison qui m'échappe, nous nous étions rarement baignés cet été-là, bien que ce soit mon activité préférée.

Nous nagions d'habitude la journée – cela faisait des années que je n'avais pas pris part à quelque chose d'aussi romantique qu'une baignade au clair de lune ! Ainsi, après le dîner, Justine et moi avons laissé Tony débarrasser et, nos serviettes à la main, nous avons gagné le jardin puis suivi le sentier qui mène au marais.

C'était une belle soirée : la lune brillait tant que nos ombres étaient projetées sur le sol sablonneux, et l'air était si tiède, sans un souffle de vent, que nous le sentions à peine frôler notre peau. La marée était haute, les anses remplies d'eau, et un éclat opalescent s'étalait sur les flots, tandis que la lune, depuis l'horizon le plus lointain qui soit, gravait à nos pieds son chemin froid et blanc. Au milieu de toute cette perfection, nous nous sommes rendu compte que, dans notre précipitation, nous avions oublié d'apporter nos maillots !

Il ne restait plus qu'à nous baigner nues, puisque aucune de nous n'avait envie de refaire tout le trajet jusqu'à la maison, et pourtant une sorte de tabou entourait cette idée, du moins à nos yeux, et j'ai vu Justine hésiter lorsque nous avons pris conscience de cette situation embarrassante. La gêne physique qui s'installe entre un enfant et un parent est difficile à comprendre, Jeffers, étant donné la nature charnelle de leur lien. Dès que Justine a été en âge d'y prêter attention, j'ai toujours veillé à ne pas lui imposer mon corps, quoiqu'il m'ait fallu plus de temps pour accepter qu'elle avait elle-même besoin d'intimité. Je me souviens de la surprise – de la tristesse, presque – que j'ai éprouvée la première fois où elle m'a refermé la porte au nez alors qu'elle prenait un bain. J'ai si souvent eu l'occasion de découvrir que ce sont les enfants qui enseignent des choses à leurs parents, non l'inverse ! Peut-être n'est-ce pas vrai de tout le monde, mais pour ma part j'étais convaincue que mon corps, entre tous, était celui que Justine avait le moins envie de voir dévêtu, et moi-même je n'avais pas vu ma fille nue depuis de nombreuses années.

« Nous n'avons qu'à détourner le regard, ai-je fini par lui dire.

— D'accord. »

Nous nous sommes donc déshabillées aussi vite que possible et avons couru jusque dans l'eau en criant. Je crois que, dans l'existence, certains instants n'obéissent pas aux lois du temps et durent éternellement, et c'était l'un d'entre eux : je vis encore cet instant aujourd'hui, Jeffers ! Après ce tumulte initial, nous nous sommes rapidement tues et avons nagé en silence dans une eau qui, au clair de lune, paraissait aussi épaisse et pâle que du lait, formant derrière nous de grands sillons bien lisses.

« Regarde ! s'est écriée Justine. Qu'est-ce que c'est ? »

Elle s'était un peu éloignée de moi et, flottant à présent sur le dos, elle plongeait les bras sous la surface puis les relevait, tandis que l'eau, comme de la lumière fondue, glissait sur sa peau.

« C'est une phosphorescence », ai-je répondu, m'étirant à mon tour pour observer l'étrange clarté couler le long de mes bras avec une légèreté extrême.

Justine, qui assistait à ce phénomène pour la première fois, a lâché une exclamation d'émerveillement, et j'ai été frappée par le fait, Jeffers, que notre disposition à recevoir des impressions est une sorte de droit humain acquis dès la naissance, un atout qui nous est donné au moment de notre création et au moyen duquel il nous revient de réguler le cours de nos âmes. Cette aptitude nous fait tôt ou tard défaut, à moins de restituer à la vie autant que ce que nous en retirons. J'ai alors saisi qu'il m'avait toujours été difficile de trouver un moyen de restituer toutes les impressions que j'avais reçues, d'en rendre compte à un dieu qui jamais, au grand jamais, n'était venu, malgré mon désir de renoncer à tout ce que je conservais en moi. Pourtant, sans que je sache pourquoi, ma réceptivité ne m'avait pas fait défaut : j'étais restée une dévoreuse tout en aspirant à devenir une créatrice, et j'ai compris que j'avais convoqué L par-delà les continents en croyant intuitivement qu'il serait capable de remplir cette fonction transformative pour moi, de me permettre de donner libre cours à mon activité créatrice. Ma foi, il avait obéi, et visiblement rien de significatif n'en avait résulté, excepté de brèves échappées de clairvoyance entre nous, lesquelles avaient été entrecoupées de tant d'heures de frustration, de vacuité et de douleur.

J'ai nagé jusqu'à l'autre bout de la crique et, quand je me suis retournée, j'ai vu Justine sortir de l'eau et remonter sur le banc de sable. Soit elle n'avait pas conscience que je l'observais, soit elle avait décidé de ne pas y prêter attention, car elle s'est avancée sans se presser pour ramasser sa serviette, dévoilant sa forme blanche au clair de lune. Elle était si lisse, vigoureuse, immaculée, si neuve et si forte ! Elle était campée à la manière d'un daim dressant fièrement sa ramure, et là-bas, dans l'eau, j'ai tremblé devant le pouvoir et la vulnérabilité de cette créature que j'avais engendrée et qui semblait tout à la fois issue de moi, hors de moi et par-delà moi. Elle s'est rapidement séchée et habillée pendant que je regagnais la rive, et j'étais en train d'enfiler mes vêtements à mon tour quand elle m'a saisi le bras, l'a serré et a dit :

« Il y a quelqu'un ! »

Nous avons toutes deux regardé du côté des ombres allongées qui se déployaient au-delà du sentier, et j'ai effectivement entrevu une silhouette qui paraissait se sauver à toutes jambes.

« C'est L, a affirmé Justine. Tu crois qu'il nous observait ? »

Autant dire que je l'ignorais, mais il détalait en tout cas plus vite que je ne m'y serais attendue de sa part ! De retour à la maison, nous avons découvert que Tony, plutôt que de s'occuper de L, s'était endormi dans son fauteuil ; je suis donc partie pour la dépendance afin de m'assurer que tout allait bien. Toutes les lumières étaient éteintes, mais la nuit était encore si claire que je me suis aisément frayé un chemin dans le bosquet et, en approchant, j'ai pu voir très distinctement la salle principale à travers les fenêtres sans rideaux. Était-ce lui que nous avions aperçu dans le marais ? Quoi qu'il en soit, il était à présent debout devant son chevalet, et des bandes pâles de clair de lune tombaient en travers de lui, des meubles et du plancher, si bien qu'il avait l'apparence d'un simple objet parmi d'autres. Il travaillait avec une intense concentration, si intense qu'il bougeait à peine, alors qu'il était d'ordinaire très dynamique et remuant quand il peignait. Il était néanmoins immobile et, en le contemplant, je me suis rendu compte qu'une certaine immobilité incarne la forme d'action la plus parfaite qui soit. Il se tenait tout près de la toile, presque comme s'il s'en nourrissait, et m'empêchait par conséquent de la voir. Je suis restée là un long moment, car je ne voulais pas le déranger par un bruit ou un geste maladroit, puis je suis repartie très discrètement, avec la sensation d'avoir assisté à une scène qui relevait du sacrement, le genre de sacrement qui se produit seulement dans la nature, quand un organisme – que ce soit la plus petite fleur ou la plus grosse bête – confirme, silencieusement, inobservé, sa propre existence.

Je regrette, Jeffers, de ne pas lui avoir prêté davantage attention pendant la période que je suis en train de te relater, non parce que je ne me la rappelle plus, mais parce que je ne l'ai pas vécue ainsi que je l'aurais souhaité. Si seulement quelque indice pouvait nous dire à l'avance sur quelles facettes de l'existence fixer notre attention ! Celle-ci est sollicitée, par exemple, quand nous tombons amoureux, et ensuite quand, la plupart du temps, nous prenons conscience que nous nous bercions d'illusions. Les semaines durant lesquelles L a peint ses tableaux nocturnes ont représenté, à mes yeux, tout le contraire de ces moments où l'on s'éprend de quelqu'un. Je vaquais à mes occupations dans un état d'abattement, voire d'hébétude, sortant péniblement de mon lit le matin, avec l'impression de porter en moi un poids mort. Le sentiment que la vie m'avait dupée ou roulée ne cessait de me tourmenter, et je me souviens de n'avoir pu empêcher une expression d'ironie et de fatalisme de poindre sur mon visage, expression que j'apercevais parfois dans le miroir. J'ai même arrêté d'essayer de communiquer avec Tony, si bien que nos soirées sont devenues silencieuses, parce que personne ne prend la parole si je n'engage pas la conversation. Pourtant, au cours de ces journées, se produisait cela même que j'avais tant souhaité depuis le début – que L trouve un moyen de capturer l'ineffabilité du paysage marécageux et révèle de ce fait une partie de mon âme, et la représente.

Justine m'a raconté que L exécutait un nouveau tableau tous les soirs, et sa routine était invariablement la même – son agitation grandissait pendant quelques heures, puis il sortait en trombe de la maison avec son sac rempli de couleurs et s'enfonçait dans l'obscurité. Autrement dit, les tableaux qu'il produisait s'apparentaient presque à des actes performatifs, qui exigeaient de sa part qu'il se mette au préalable dans un état d'effervescence ou de bouillonnement, comme le font les comédiens ou les gens du spectacle en général. Cela, plus que toute autre chose, aurait dû me faire comprendre qu'un dénouement était proche, puisque ce type de comportement extrême était absolument intenable ; mais, à l'époque, j'ai simplement conçu du ressentiment en raison de tout le travail que cela demandait à Justine et des soucis que cela lui causait. Je percevais confusément que L s'aventurait très loin hors de lui-même au cours de ses luttes nocturnes, et qu'il avait par conséquent dû y trouver un objet qu'il poursuivait sans relâche ; mais cette pensée m'incitait seulement à éprouver une espèce de jalousie vague et méfiante, à l'instar d'une épouse qui soupçonne son mari d'avoir une liaison mais refuse encore de l'admettre. Tout ce que je savais, c'est que L s'était éloigné, ne tenait pas même compte de moi, tandis qu'il exerçait son droit à vivre dans mes alentours tout en ignorant mon existence.

Puis, un après-midi, alors que je battais les sentiers du marais sans but et d'un pas traînant, je l'ai rencontré inopinément – assis sur l'un des petits promontoires qui surplombent les criques. La chaleur avait considérablement asséché le marais, dont les teintes fauves, délavées, étaient pétries de nostalgie, au point qu'on avait l'impression de le contempler par-delà une distance aussi temporelle que spatiale. Les brises étaient chargées d'une odeur de lavande qui pour moi est celle des étés, et même ce parfum paraissait contenir une note de mélancolie, comme si tout ce qui avait été bon et joyeux et pourrait jamais l'être appartenait irrémédiablement au passé. Je me sentais tellement exilée de L que je crois bien que j'aurais pu poursuivre mon chemin sans m'arrêter s'il n'avait pas tourné la tête alors que j'approchais et si – au bout de quelques secondes durant lesquelles il ne m'a pas reconnue, j'en suis certaine – il ne m'avait pas regardée avec beaucoup de gentillesse.

« Je suis content que vous soyez venue, m'a-t-il dit après que je me suis assise à côté de lui. Nous n'avons pas toujours été en très bons termes, hein ? »

Il s'exprimait d'un ton plutôt vague et distrait, et même si ses remarques avaient de quoi me surprendre, je me suis demandé, dans le même temps, s'il était tout à fait conscient de ce qu'il disait et s'il savait à qui il s'adressait.

« Je ne sais pas comment mener ma vie autrement, ai-je répondu.

— Cela n'a plus d'importance, maintenant, a-t-il déclaré en me tapotant la main à la façon d'un vieil oncle bienveillant. C'est terminé, tout ça. Nos sentiments relèvent si souvent de l'illusion. »

Cette observation m'a paru tellement juste, Jeffers !

« J'ai fait une découverte, a-t-il poursuivi.

— Voulez-vous me dire laquelle ? »

Il a posé sur moi ses yeux vides et, à la vue de ces cercles morts, une douleur atroce m'a parcourue. Inutile qu'il en dévoile davantage sur sa découverte – je la saisissais d'emblée dans ce regard !

« Cet endroit est si beau, a-t-il repris au bout d'un moment. J'aime observer les oiseaux. Ils me font rire, ils se plaisent tant à être eux-mêmes. Nous sommes terriblement cruels avec notre corps, vous savez. Ensuite, il refuse de vivre pour nous. »

À mon avis, ce n'était pas de la mort qu'il parlait, mais plutôt de l'état de non-être que, dans l'existence, la majorité d'entre nous affectionnent.

« Vous avez toujours agi à votre guise », ai-je dit avec une pointe d'amertume, car il me semblait que c'était bel et bien ainsi qu'il s'était conduit, « à l'instar de la plupart des hommes.

— Mais il s'avère que rien n'est réel, en définitive », a-t-il ajouté après une pause, comme si je n'avais pas parlé.

J'ai alors compris, je pense, que sa maladie l'avait délivré de son identité, de son histoire et de sa mémoire de manière si brutale et absolue qu'il avait enfin été capable de voir pour de bon. Or ce n'était pas la mort qu'il avait vue, mais l'irréalité. Telle était, je crois, la découverte qu'il avait faite, et c'était ce que ses tableaux nocturnes racontaient – et la question que j'aurais aimé lui poser cet après-midi-là, dans le marais, portait sur ce qui allait succéder à cette découverte ; mais peut-être L ne connaissait-il pas davantage la réponse que nous autres. Je n'en ai cependant rien dit, et nous sommes restés assis côte à côte, à regarder les oiseaux qui flottaient et voltigeaient, portés par les brises et, au bout d'une demi-heure au moins de contemplation silencieuse, je me suis levée ; lui n'a pas bougé, apparemment enclin à demeurer là. Il a toutefois posé les yeux sur moi, s'est soudain emparé de ma main et l'a serrée entre ses doigts vigoureux, secs et osseux, avant de me dire, du même ton vague et impersonnel :

« Je sais que, bientôt, vous vous sentirez mieux. »

Nous nous sommes alors dit au revoir, et je n'ai plus jamais revu L.

Tony avait rapporté du jardin une grosse récolte de fruits et de légumes, et pendant les deux jours qui ont suivi je suis restée emprisonnée dans la cuisine de l'aube au crépuscule, transpirant parmi des nuages de chaleur, blanchissant, mettant en boîte et en conserve, et c'était ce à quoi j'étais occupée le matin où Justine est entrée précipitamment pour m'annoncer que L était parti.

« Mais comment s'y serait-il pris ? ai-je demandé.

— Je n'en sais rien ! » s'est-elle exclamée avant de me tendre un mot.

M

J'ai décidé de reprendre ma route. En fin de compte, je vais essayer d'aller à Paris. Faites ce que vous voulez des tableaux, sauf du numéro sept. Celui-là est pour Justine. Veuillez avoir la gentillesse de le lui donner.

L

Ça alors ! Il avait beau être à demi infirme, il s'en était allé à la poursuite d'un vieux fantasme sexuel et avait décidé de renfiler son costume en loques pour remonter sur la scène de l'existence ! Eh bien, Jeffers, un grand désordre a régné le temps d'enquêter sur les circonstances de son départ, mais pour finir le mystère a été élucidé assez simplement, quand l'un des compagnons de Tony lui a dit avoir conduit L jusqu'à la gare, après que celui-ci l'avait accosté dans un champ, non loin de la maison, une semaine plus tôt environ, pour lui demander un service. Ils avaient fixé un horaire, L avait proposé de le payer, ce que l'homme avait poliment refusé, présumant que tout se faisait dans les règles. Ce qui, je suppose, était le cas dans un certain sens.

Je n'ai pas été en mesure de découvrir précisément l'itinéraire emprunté par L et comment il a réussi à parcourir tant de chemin depuis notre gare minuscule alors qu'il était si affaibli physiquement, mais il est bien connu qu'il est mort peu de temps après son arrivée à Paris, dans une chambre d'hôtel, à la suite d'une autre attaque. Lorsque nous avons appris la nouvelle, la voiture d'Arthur n'a pas tardé à réapparaître dans notre allée et, ensemble, nous avons fait le tour des tableaux, des esquisses, des carnets et du matériel de L, avant de les emballer ; puis, un jour, une grosse camionnette est venue en chercher la totalité pour aller la livrer à la galerie new-yorkaise de L. Les rumeurs qui ont peu à peu grondé là-bas ont tôt fait de devenir tout à fait audibles ici, et j'ai dû faire face à toutes sortes de demandes de renseignements plus ou moins pressantes, tandis qu'on citait mon nom dans les articles qui bientôt ont paru à propos des dernières œuvres de L. J'ai ainsi appris qu'il avait eu de nombreux correspondants au cours de son séjour dans la dépendance et qu'il n'avait pas perdu la moindre occasion de leur raconter des choses épouvantables et virulentes à mon sujet, sur la femme manipulatrice et destructive que j'étais, également au sujet de Tony, qu'il mentionnait de façon plutôt obsessionnelle, allant presque – mais jamais complètement – jusqu'à se moquer de lui et à le rabaisser.

Tony l'a pris assez calmement, vu tout ce qu'il avait fait

pour L sans avoir tiré grand-chose des relations que nous avions entretenues avec lui au fil du temps.

« Lui faisais-tu confiance ? l'ai-je interrogé, en songeant que cela n'avait jamais été le cas.

— Seul un animal sauvage ne fait confiance à personne », a répondu Tony.

Il se moquait des articles, puisque aucune de ses connaissances ne lisait le genre de journaux dans lesquels ils étaient publiés, mais il avait remarqué à quel point les opinions de L m'affectaient, et il s'inquiétait à l'idée que ma vie avec lui dans le marais puisse en être désormais gâchée.

« Veux-tu aller ailleurs ? » a-t-il proposé – ce qui, en matière de sacrifice, revenait à m'offrir de se trancher le bras droit.

« Tony, ai-je dit, *tu* es ma vie – tu apportes à mon existence une sécurité totale. Là où tu es, ce que je mange a meilleur goût, je dors mieux, et les choses que je vois me donnent l'impression d'être réelles, et non de pâles ombres ! »

Quant à moi, j'ai toujours été mal aimée, depuis toute petite, et j'ai appris à vivre avec, parce que les quelques personnes que j'ai appréciées m'ont toujours appréciée en retour – à l'exception de L. Ainsi, ses calomnies exerçaient sur moi un pouvoir unique. Lorsque j'ai su quelles médisances il était allé raconter à mon sujet, il m'a semblé qu'il n'y avait rien de stable, aucune vérité réelle dans tout l'univers hormis celle, immuable, selon laquelle il n'existe rien en dehors de ce qu'on se crée pour soi-même. Cette prise de conscience revient à dire un ultime et solitaire adieu aux rêves.

Cela tient plus de la lutte que de la danse, Jeffers, ainsi que Nietzsche définissait l'art de vivre !

J'ai donc renoncé à L, renoncé à lui dans mon cœur, et rempli le lieu secret que je lui avais généreusement réservé au fond de moi depuis le début. Quand quelqu'un m'a écrit pour me demander s'il était vrai qu'il y avait une fresque peinte de la main de L dans ma propriété, je suis allée en ville pour acheter un gros pot de blanc de chaux, Tony et moi avons recouvert Adam, Ève et le serpent, puis j'ai replacé les rideaux devant les fenêtres de la dépendance et dit à Justine qu'elle pouvait considérer cette maison comme la sienne et en faire l'usage qu'elle souhaitait, quel qu'il soit.

Elle y a accroché son tableau nocturne, le numéro sept : maintenant qu'elle en est la propriétaire, elle a le singulier mérite d'être la personne la plus riche que je connaisse ! Je ne crois toutefois pas qu'elle le vendra un jour. Mais j'aime à penser que L lui a ainsi offert, si involontairement que ce soit, sa liberté, celle de ne pas avoir à se tourner vers les autres pour subvenir à ses besoins – besoins auxquels une femme a encore tant de difficulté à pourvoir. Elle est amoureuse d'Arthur, évidemment, de sorte qu'il lui appartient de mener ce jeu hasardeux ainsi qu'elle l'entend – et ainsi que ce sera toujours le cas, je suppose. Est-il finalement vrai que la moitié de la liberté équivaut à la bonne volonté que l'on met à l'accepter quand elle nous est proposée ? Que chacun de nous en tant qu'individu doit s'en emparer comme un devoir sacré, mais aussi comme la limite de ce que nous pouvons faire pour autrui ? J'ai du mal à le croire, car l'injustice m'a toujours paru beaucoup plus puissante que n'importe quelle âme humaine. J'ai perdu l'occasion d'être libre, sans doute, quand je suis devenue la mère de Justine et que j'ai décidé de l'aimer à ma façon à moi, parce que j'aurai toujours peur pour elle et peur de ce que ce monde injuste pourrait lui infliger.

Le tableau occupe une place plutôt à part dans la série et, à mon avis, il est le plus mystérieux et le plus beau de tous, car contrairement aux autres il comprend deux demi-formes qui – parmi toutes les extraordinaires textures d'obscurité – semblent composées de lumière. Elles paraissent presque se supplier mutuellement, ou s'efforcer de fusionner, et grâce à ces efforts l'unité se produit, miraculeusement. Je vais souvent l'observer, et je ne me lasse jamais de voir se résoudre sous mes yeux la tension entre ces deux formes. J'aime à me dire – de manière très fantaisiste, bien entendu – que c'est ce que L a vu, le soir où il nous a aperçues en train de nager, Justine et moi.

Plusieurs mois après ces événements, une lettre portant le cachet de Paris est arrivée pour moi. À l'intérieur se trouvait une seconde lettre, signée de la main de L. Dans la première, une femme prénommée Paulette m'expliquait qu'elle avait cherché mes coordonnées après avoir récupéré, dans la chambre d'hôtel où L était mort, un courrier sans adresse qui, pensait-elle, m'était destiné. Elle avait lu les nombreux articles parus à propos de L et décidé que je devais être la « M » à laquelle il avait écrit. Elle était navrée que cette lettre ait mis tant de temps à me parvenir.

Je l'ai ouverte, Jeffers, et mes mains ont moins tremblé que tu pourrais t'y attendre. Je crois que j'avais fini par ne plus me laisser tromper – et c'est encore le cas aujourd'hui – par le caractère illusoire des sentiments personnels, ainsi que L l'avait expliqué ce jour-là dans le marais. Or, parmi les sentiments passionnés qui m'avaient gouvernée à un moment ou à un autre de ma vie, nombre d'entre eux s'étaient complètement dissipés. Pourquoi aurais-je alors dû permettre à l'un d'eux de revendiquer le droit de se loger dans mon cœur ? J'espère que je suis devenue un pur intermédiaire, ou que je suis en passe de le devenir. À ma façon, je pense que je suis arrivée à voir en partie ce que L a vu sur la fin et représenté dans les tableaux nocturnes. La vérité ne réside pas dans une quelconque aspiration à la réalité, mais là où le réel se déploie au-delà de l'interprétation que nous en faisons. L'art véritable revient à s'efforcer de capturer l'irréel. Tu ne crois pas, Jeffers ?

M

M'aviez-vous dit que venir ici était une mauvaise idée ? Si tel est le cas, vous aviez raison. Vous aviez raison à propos de pas mal de choses, si cela vous intéresse de le savoir. Il y a des gens qui aiment qu'on le leur dise.

Voilà, j'ai atteint le bord et basculé dans le vide. Je suis dans un hôtel, il fait froid, tout est sale. La fille de Candy était censée passer me chercher, mais cela fait maintenant trois jours que je l'attends et je ne sais pas si elle viendra jamais.

Votre dépendance me manque. Pourquoi les choses sont-elles plus tangibles après coup, et non à l'instant où elles se produisent ? Je regrette de ne pas être resté, mais sur le moment j'avais envie de partir. J'aurais aimé que nous puissions vivre ensemble en sympathie. À présent, je ne vois pas pourquoi nous n'y arriverions pas.

Je suis désolé de ce que je vous ai coûté.

Cet endroit est affreux.

L

La dépendance doit beaucoup à *Lorenzo in Taos*, Mémoires de Mabel Dodge Luhan publiés en 1932 qui relatent le séjour de D. H. Lawrence chez elle à Taos, au Nouveau-Mexique. Ma version – dans laquelle le personnage de Lawrence est un peintre, non un écrivain – s'attache à rendre hommage à l'esprit de cette femme.

NOTE DE LA TRADUCTRICE

Une traduction (partielle) de *Lorenzo in Taos* par Jacques-Émile Blanche et Armand Pierhal, intitulée *Ma vie avec Lawrence au Nouveau-Mexique*, a paru en 1933 aux Éditions Bernard Grasset.

Composition : IGS-CP à L'Isle-d'Espagnac (16)
Achevé d'imprimer
par CPI Firmin-Didot
à Mesnil-sur-l'Estrée, en juin 2022
Dépôt légal : juin 2022
Numéro d'imprimeur : 170406

ISBN : 978-2-07-298561-4/Imprimé en France

446553